心灵悦读

苏宇文 / 主编

Awaken the Dream in Your Heart

快乐心灵的推理故事

江苏凤凰美术出版社

图书在版编目（CIP）数据

快乐心灵的推理故事 / 苏宇文主编 . -- 南京 : 江苏凤凰美术出版社 , 2018.8（2021.1 重印）
（心灵悦读）
ISBN 978-7-5580-3432-9

Ⅰ . ①快… Ⅱ . ①苏… Ⅲ . ①故事－作品集－世界 Ⅳ . ① I14

中国版本图书馆 CIP 数据核字 (2017) 第 285521 号

责任编辑　李秋瑶
封面设计　宋双成
版式设计　文贤阁
责任监印　唐　虎

丛 书 名　心灵悦读
书　　名　快乐心灵的推理故事
主　　编　苏宇文
出版发行　江苏凤凰美术出版社（南京市湖南路 1 号　邮编：210009）
出版社网址　http://www.jsmscbs.com.cn
印　　刷　三河市嘉科万达彩色印刷有限公司
开　　本　710mm × 1000mm　1/16
印　　张　14
版　　次　2018 年 8 月第 1 版　2021 年 1 月第 2 次印刷
标准书号　ISBN 978-7-5580-3432-9
定　　价　29.00 元

营销部电话　025-68155675

前言 / PREFACE

在清闲午后或落日黄昏，抚一本充满阳光气味的书，满载情感的文字撞击着我们的心灵：亲情故事让我们感悟、分享亲情，它是滋养我们心灵的情感雨露；感恩故事让我们懂得什么是爱，它调出我们生活的好心态；智慧故事是我们最珍贵的礼物，它用灵动的思维让一个手无寸铁的人战胜巨大的困难；名人故事让我们欣赏名人的成功之处，借鉴名人的智慧……

一本好书可以影响一个人的一生；一本有价值、有思想的书，能够使我们成长，给我们感悟，让我们从一个起点到达另一个更高的新的起点。中学时代正是增长知识、开拓眼界的时期，更应该用现有的智慧、用书来充实自己，在心与心的对话、情与情的交融、理与理的辩证中，认识社会，感悟生活，美化人生，绽放生命的光彩！为此，我们精心编写了这套《心灵悦读》，针对心态、淡泊、宽容、尊重、爱、友谊、善良等重大人生课题，用启迪思想的哲理和触动情感的文字，启迪青少年朋友的心灵，让他们拓展视野，增长知识，理解学习和生活的意义，在积极主动的思维和情感活动中受到熏陶，更加热爱生活，让生命更精彩！

启迪心智灵感，点拨智慧人生。快乐心灵的故事犹如灿烂的阳光，可以温暖青少年朋友成长的岁月；温馨快乐的言语犹如汩汩清泉，可以滋养青少年朋友的心田；字里行间闪现的智慧之光，可以为青少年朋友指明前进的方向。

我们诚挚地期望，本书能够陪同青少年朋友快乐成长，洗涤心灵，提升人生品位，打造成功的健康人生、理想的阳光人生。

囿于编者水平，加之时间仓促，难免有挂一漏万之憾，敬请读者朋友们指正，在此我们深表谢意！

目录

CONTENTS

第一章　谋杀之谜

第二章 劫盗疑云

第三章 悬疑迷踪

第一章

谋杀之谜

谋杀，就在夜深人静的暗夜，当黎明破晓前，弥漫在死者身上的迷雾，也将渐渐浮出水面。究竟谁是凶手，究竟为何逞凶杀人，抽丝剥茧，答案就在其中。

指纹

一天夜里10点左右，小岛正要入睡，忽然听见门铃响了。他打开门一看，一个瘦高个子的男人正冷冷地盯着他。小岛见来人正是他一再躲避的债主中村，心里不由得倒抽了一口凉气。

中村一把推开小岛，气呼呼地走进房间，抬眼朝室内环视一周，冷笑一声："嘿，好漂亮的公寓呀！这是用我的钱购置的吧？"接着大声威胁说，"别再躲躲藏藏了，快把钱还给我，不然我就到法院去控告你！"

"钱，明天如数还你。"

"这话算数？"

"请相信我。来，好久不见了，干一杯吧。"小岛一面连连道歉，一面忙从冰箱里取出一瓶啤酒。他趁中村犹豫之际，抡起酒瓶朝中村的脑袋砸去，中村连哼也没哼一声，就应声倒在了地上。

小岛砸死了中村，慌忙把尸体背到停车场，用汽车把尸体运到郊区，扔在了公园里。他回家后，立即开始大扫除，用毛巾擦掉了留在桌子和椅子上的指纹，连门把手也擦得干干净净，直到觉得房间里再也不会留下中村的痕迹了，才长长地吐了一口气。

第二天一早，小岛刚起床，就听到一阵"咚咚咚"的敲门声。他打开门一看，竟是警长山田和侦探段五郎。

山田警长神情严峻地问道："今天早晨，我们在公园里发现了中村的尸体，在他口袋里的火柴盒背面写着你家的地

词语百宝箱

犹豫　严峻

址。昨晚中村来过你家吗？”

小岛忙说：“昨晚谁也没来过，我已经一年多没有见到他了。”

> **词语百宝箱**
> 声嘶力竭　面如死灰

这时，站在一旁的段五郎淡淡一笑，说：“不要说谎了，被害者到这儿来过的证据，现在还完好地保留着……”

没等段五郎把话说完，小岛便声嘶力竭地叫道：“在哪儿？拿出证据来！”

“安静点儿，瞧，在那儿！”小岛顺着段五郎指的地方一看，顿时吓得面如死灰，在那里确实留下了中村的指纹。

你知道指纹留在什么地方吗？

抽丝剥茧

指纹留在门铃的按键上。因为一开始山田他们来时，没有按门铃而是敲门，就是为了不破坏上面的指纹。

神秘杀人案

“我无法解释这究竟是怎么回事。”S警长自语道。

在他面前的那具尸体背部被人用日本刀刺穿了，然而死者嘴唇的颜色却说明死者曾服用过毒药。

“确实难以理解，”站在S警长旁边的爱丽丝小姐说，“我的父亲怎么会既服毒又被人刺杀了呢？”

“按理来说凶手用一种手段就可以了，为什么偏偏这么做？难道凶手有两个人不成？”S警长又自语了一句。

事情来得太突然了，就在爱丽丝小姐的生日宴会上，发生了老主人被杀的

词语百宝箱

密闭　恐怖

习惯

事情。当时所有的人都在楼下，就在爱丽丝的男友霍夫特上楼去敲房门的时候发现了不妙的情况，于是跑下楼叫上大伙一起将门撞开，门被撞开后便发现了老主人的尸体，当时四周密闭，窗户都是关紧的，这里形成了一个密室。房间里有一台关着的电脑和一书柜的恐怖小说。死者手边还有一本翻开的小说，看来死者生前正在看书。更为重要的是，这间屋子的钥匙放在一张很普通的桌子的正中央。

“爱丽丝小姐，桌上的这杯酒是怎么回事？”

“是我父亲上楼之前在餐桌上拿的。”爱丽丝答道。

“随手拿的吗？”

“是的。”

“日本刀又是谁的？”

“它一直就在父亲的房间里，本来是挂在门后的。”

“你父亲有锁房门的习惯吗？”

“他一个人在房间里时总是喜欢把自己锁在里面。”

这时，一位留着长发的小姐出现在S警长面前，她叫克瑞斯，是爱丽丝的朋友。

“警长先生，门外有人找你。”克瑞斯话音刚落，S就向门外看去，他微笑着说：“是H侦探啊！您能来真是太好了，我这儿刚好有个棘手的案子。”

“我就是为这事来的。”H查看了一下周围的人，对爱丽丝说，“小姐，您是这里的主人？”

“是的。”

“这杯酒……”

“是我父亲随手在餐桌上拿的。”爱丽丝又解释了一遍。

“是霍夫特和大伙撞开的门。”爱丽丝补充了一句。

“霍夫特先生，您上来有什么事吗？”

霍夫特抓了抓头发：“我是想借此机会向爱丽丝的父亲谈一谈我和她结婚的事，谁知道却……”他不忍再说下去了。

“这是什么？”H 侦探在门外的垃圾箱内找到了一根鱼线以及一根针。

“谜团解开了。”H 侦探笑着说。

各位朋友，您知道这间密室杀人事件是怎么回事吗？

抽丝剥茧

凶手是霍夫特，他进入老主人的房间，和他商量了与爱丽丝结婚的事情，趁其不注意就将毒药放进了杯子里，然后离开。老主人喝完酒之后就中毒了，他无法喊叫，在这紧要关头他想到了电脑，他很想在电脑里输入凶手的名字，然而却毫无办法，因为电脑关着。他想找笔，也没办法，整个房间里没有笔。他只剩下一种选择了，用房间里的日本刀将自己杀死，于是他取下日本刀。就这样自杀吗？不行，剖腹会让人联想到是自杀，如果要让别人看得出是他杀，那么只有将刀尖对准后背了。想到这里，他立刻将自己杀死了。由于老主人有锁门的习惯，所以在霍夫特走后，他很自然地就将自己反锁在里面，造成了密室杀人事件。至于鱼线和针根本就是霍夫特故意放在垃圾箱里用来迷惑侦探的。

牵狗的男人

有位退休工人A，无论酷暑严寒，总在早晨坚持慢跑锻炼。

在一个寒冷的早晨，他像平常那样，很早就起床到野外慢跑，后来被人发现他倒毙在回家的路上。

经过警方调查，老人死亡的原因是被人用硬物从脑后袭击致死。当时在他前面慢跑的还有三个老人，此外有一名中年男子牵着狗在周围散步。

你认为这四个人谁可能是凶手？他用的是什么凶器？

抽丝剥茧

凶手可能是牵着狗散步的中年男子，因为牵狗的铁链可收束成一团向人脑后打去，足以使老人致死。

三个疑凶

蜿蜒曲折的盘山公路一侧散落着一些小村庄，半山的公路旁有一座陡峭的大山崖，项卫鹰刚要从那直上直落的大山崖上做跳伞运动时，刚巧就看到了惊险的一幕。

一辆敞篷跑车从上方的急转弯处突然疾冲而出，由于那个弯实在是太急了，项卫鹰只见一个人从车里面呈抛物线被抛出来，重重地跌落在山崖路旁，紧接着车子怒吼着猛烈地撞在公路另一边的围栏上，发出“轰”的一声巨响，坚固的围栏立时被撞出一个缺口，碎片纷纷落下山崖，车子才停了下来。

项卫鹰用无线电话报了警。之后，他迅速跑向那一动不动的受害者，看能否给以帮助。但经过详细的检查后，他发现那浑身是血的受害者已经死了。于是，他在警方赶到前，大概地查看了那部撞得不像样的车子。车子的挡风玻璃被震碎，散落了一地。驾驶座上以及车方向盘上都是血迹斑斑，驾驶座下有几块石头散落着，前座放着几张音乐 CD 和几只空的酒瓶，后座则零散地放着一些杂志。

20 分钟后，张景天警官带着手下赶到现场。项卫鹰和张景天是老朋友了，他们曾一起合作过很多次。警方立刻展开了调查工作，发现死者小 A 是一家名为 Soft Tech 的小型软件公司的四个创办人之一，而这家公司的总部就坐落在离现场半里路远的小村子里。

虽然小 A 的死看起来像是意外，但项卫鹰和张景天经过明察暗访，很快就锁定了三个疑凶，并且查到了一个极为

词语百宝箱

惊险
血迹斑斑
零散

可能的动机。那就是一家强大的敌对公司曾极力想收购 Soft Tech，但由于小 A 是四个创办人中唯一强烈反对此收购的人，因此这桩涉及五亿美元的交易一直没能完成。项卫鹰和张景天决定不动声色地对三个疑凶分别录取口供。这三个疑凶都是 Soft Tech 的创办人 B、C、D。

“A 当时的心情非常差，发着脾气，”会计师 B 说道，“整个早上他都在喝酒，他一拿起车钥匙就走出了门口。我在后面对着他喊，叫他不要喝酒开车，我没听到他的回答，以为他听了我的劝告。”

C 的供词证实了 B 的描述：“当时我在车库里，也就是我现在的办公室。我听到前门被重重地关上。当我从车库里的窗口向外望去时，我见到 A 正在车道上摇摇欲坠地走着。我没在意，便继续工作，直到我听到车子引擎的响声。我才又望出去，看见 A 正开着他的敞篷跑车离去。我当时不是很担心，直到警方带来了噩耗后，我才意识到当时我就应该阻止他离去。”

D 是 C 的妻子：“我当时在楼上的办公室接听电话。我不记得前门曾被用力地关上，但我的确听到一些声音，A 好像跟谁在争吵着，我不知道他们是在里面还是在外面吵。我记得像是听到车轮摩擦地面的响声，但是我不太肯定。”

听完了所有的口供后，项卫鹰和张景天立刻集中精力调查其中一个创办人，很快，那人便认了罪。那么，B、C、D 谁才是凶手？

抽丝剥茧

C 是凶手，他说谎了，因为车上有血迹，说明 A 是死在车里的。三个人中只有 C 说看到 A 一个人驾车的。C 是在车停着的时候杀害的 A，然后将车启动，用石块压住油门……车往前走，到弯道的时候 A 被甩了出去。

被掐死的人

剧场里，正在演出一场杂技节目。下一个节目就是大力士铁汉的了，舞台监督让人去找铁汉做准备。正在这时，只见演员程华慌慌张张地跑了上来。

“不好了，铁汉死了！”

“在什么地方？”舞台监督和坐在旁边的团长都站了起来。

“在放道具的小仓库里。”

团长对舞台监督说：“你先安排下一个节目开场，我去后面看看。”

程华领着团长等人朝小仓库跑去。

小仓库里，铁汉直挺挺地躺在地上，两只手紧紧地掐着自己的喉咙，脸上布满了痛苦的神色。

团长吩咐大家不要随便进入现场，并命人立即向警察局报案。

几分钟后，黄警长和几个警察一同赶到了现场。

黄警长等人仔细地勘查了现场，发现现场除了铁汉的脚印外，还有两个人的脚印。然后，他来到团长跟前问道：

“是谁先发现被害人的？”

“是程华。”

“请他来一趟。”

团长让人去叫，程华很快赶来了。

“是你发现铁汉被害的吗？”

“是我发现的。”

词语百宝箱

神色　勘查

词语百宝箱

掩饰　淳朴

“你把刚才见到的情况再详细地对我说说，可以吗？”

“可以。”程华抹了把额头上的汗水说道，“刚才，台上有个布景架子活动了，我便到小仓库里想去拿根绳子把它捆绑一下。可是，我刚走到小仓库的门口，就听见里面有动静。我从门缝往里一看，吓得几乎叫出声来。我看见铁汉正在使劲儿掐着自己的脖子！我跑过去，用力掰他的手，可是他的力气太大了，怎么掰也掰不开，最后我只好跑出去喊人。谁知当我把人找来时，他已经死了。”

听完程华的介绍，黄警长哈哈大笑起来：“程华，我看你还是把真实情况说出来吧！你的同伙是谁？”他厉声喝问。

人们惊讶万分，都把目光集中到了程华的身上。

“怎么怀疑到我头上了？”程华极力掩饰着内心的恐慌。

“那是你自己表演的结果。说吧，你和谁害死了铁汉？”

在黄警长威严目光的逼视下，程华只得交代了和本团一个名叫兰武的演员同谋杀害铁汉的犯罪事实。原来，兰武在追求铁汉的女友小梅，小梅喜欢铁汉的淳朴，也爱慕兰武的英俊，因此心里很矛盾，犹豫不决。为了得到小梅的爱情，兰武用钱买通了和铁汉关系较好的程华。他让程华骗铁汉喝下了掺有安眠药的葡萄酒，待药性发作后，兰武从暗处走了出来，按着铁汉的手，把铁汉掐死了。

黄警长是怎样识破程华的谎言的呢？

抽丝剥茧

不管一个人的力气有多大，也不能把自己掐死，最多只会把自己掐昏。

敲诈者之死

电话铃响时，电视演员浅井美代子正在镜台前化妆，她伸手拿起听筒。

“我跟你说的钱准备好了吗？”

一听见那男人的声音，美代子不禁打了个寒战。

“嗯……啊……正在设法……”

“那么，今天交货吧。”

“在哪里？”

“光丘车站附近，有栋光丘公寓，请到那所公寓的508号房间来。”

“什么时候？下午1点钟怎么样？”

“OK，我等着你。”对方发出刺耳的笑声，把电话挂断了。

美代子一动不动地发着呆，连听筒都忘了放。她考虑了一阵，最后狠下心，从镜台的抽屉里拿出一个胶囊：“把钱给他，换回自己病历本的副本。但是，他肯定复印了许多份，只有下狠心，悄悄用这毒药……不知有无合适的机会……”

美代子凝视着胶囊中的粉末，这是氰酸钾。是数天前她住在经营药房的姐姐和姐夫家中时，从剧毒药架上悄悄偷来的。

电话铃响时，职业网球运动员友田孝一郎正在厕所里。一听见电话铃响，他慌忙从厕所跑出来，立即拿起听筒。

“我说的钱准备好了吗？”

词语百宝箱

寒战 刺耳
凝视

一听见那个男人的声音，友田一下子挺直了身体。

“啊，正在设法……”

“那么，今天把钱交给我吧。”

“在什么地方？”

“光丘车站附近，有栋光丘公寓，到那所公寓的508号房间来。”

“什么时候？”

“下午2点吧，恭候光临了。”对方发出讨厌的笑声并挂断了电话。

友田孝一郎紧握着听筒思考良久，他打定主意后，从桌子抽屉里拿出一个小药瓶。

瓶子里装着氰酸钾，这是友田昨晚从妻子娘家开设的电镀工厂的剧毒柜中偷偷取出来的，瓶盖上还密封着玻璃纸。

那是一天早上发生的事故。友田在朋友家打了一夜麻将，在回来的路上，他的车把送报纸的中学生撞倒。清晨，天刚蒙蒙亮，幸而无人看见，友田丢下被撞的学生，开足马力逃跑了。但是，不知敲诈者在哪里看见了，并拍下了现场照片，以此敲诈他。

电话铃响时，纯情派歌手加藤真由美正在厨房里独自吃早餐，虽然时间已经不早了。

“跟你说的钱准备好了吗？”一听到那个男人的声音，真由美全身战栗了一下。

“这个……嗯……”

“今天把钱交给我。”

“在哪儿？”

“光丘车站附近，有栋光丘公寓，请你到那所公寓的508号房间来。下午1

点到 3 点之间，随时都可以来，我等着你。”对方威吓着挂断了电话。

真由美握着听筒，呆呆地想了一阵，心一横，从柜子的抽屉里拿出一个手帕包着的纸包，纸包里有大约半勺的氰酸钾。这是两年前她那从事文学创作的表哥自杀时残留的氰酸钾。真由美对这位表哥怀有爱慕之心。

她充满伤感，将这包氰酸钾作为遗物保留下来。“只要取回副本，就用这包药最后解决问题吧，难以应付今后一次又一次的敲诈呀，不知道自己是否有胆量……”

高中时的偷盗行为，使她悔恨莫及。放暑假时，她到百货公司买东西，忽然像着了魔似的，偷盗香水和化妆品，结果被发现，受了一通教育。不知这个敲诈犯是怎么把那时的警察记录搞到手的，复制了副本来敲诈她。

第二天的早刊，刊登了一则消息：

“采访记者渡边弘一死在 ×× 区 ×× 街光丘公寓 508 号房间。

死者是被这所公寓的房主上坂正治先生发现的。上坂先生说他三天前外出旅行，外出期间，他的友人也就是被害者，找他借下这间房。死因是氰酸钾中毒。死亡时间推断为昨天下午 1 时至 3 时之间。桌上杯子里装有未喝完的果汁，果汁中掺有氰酸钾。

房间里装有空调设备，冷气机开着，不知什么原因窗户也开着。室内被人翻动过，因此警察认为是他杀，并已开始侦查。

当天下午，从 1 点半到 2 点半，这所公寓一带曾停电一个小时左右。因卡车司机疲劳驾驶，撞上电线杆，将电线切断。”

浅井美代子读了这则消息后，暗想：“我从公寓出来时，乘电梯刚好下到一楼停了电。多亏时机好，如果晚一步，正好被关在电梯中。千钧一发的时候运气不错，顺顺当当地干完事儿。那男人死了，真痛快呀。”

友田孝一郎也读了那则消息：“哼，活该，这样就清净了。不过，当时没注意正在停电，我怕遇见人麻烦，因此没乘电梯，从楼梯上去的，可偏偏在楼梯遇见了两位主妇，运气不好啊！不过，我戴着太阳镜，倒不用担心。508号房间不是那家伙的住房，这倒挺意外。”

加藤真由美也把那则消息反复读了几遍：“去时在公寓附近的道路上，停着两辆巡逻车，我以为发生了什么事，有些紧张，原来是卡车事故造成了停电。幸亏是白天停电，要在晚上停电就糟了。进公寓时，那些看热闹的人都盯着我看，不过我化了装，戴着太阳眼镜和假发，不用担心有人认出我的相貌。不过，万一刑警打探到我来过这里可怎么办呢……啊，不要紧，没有证据表明我去了那间屋。总之，那个男人死了，不会再有人玷污我纯情歌手的名声了。”

警察对现场分析后认为：现场的房间，装有空调设备，冷风机在工作，而且窗户也开着，这说明犯罪是在停电时进行的。由于停电，室内很热，被害者自己打开了窗户。如果恢复送电后被害者还活着，冷风机又开始工作，他就会关上窗户。停电时到过现场的，只有友田孝一郎和加藤真由美。

那么，用氰酸钾毒杀敲诈者的罪犯，是友田孝一郎还是加藤真由美？

抽丝剥茧

是友田孝一郎，因为真由美所持的氰酸钾用纸包了两年，而氰酸钾不密封保存，长时间与空气接触后便会变成碳酸钾而失去毒性。

大开的窗户

凌晨3点30分，侦探康纳德·史密斯床边的电话铃急促地响了起来。电话里传来一个女人的声音："您是史密斯先生吗？"

"是的。你是谁？"

"我叫爱丽斯·伯顿。史密斯先生，请您快来，有人杀害了我的丈夫。"

史密斯记下了她的地址。门外，北风呼啸，大雪纷飞。"这鬼天气，真冷！"史密斯边说边穿好大衣，围上了一条厚厚的毛围巾。40分钟后，他来到伯顿夫人的家。

爱丽斯·伯顿看来一直在等候侦探的到来，一听见门铃响，她立即为史密斯打开了房门。史密斯一进屋，便觉得屋里很暖和，不由得摘下了围巾，脱下大衣。伯顿夫人穿着睡衣，脚上是一双拖鞋，头发乱蓬蓬的，脸色惨白。她告诉史密斯："尸体在楼上。"

史密斯说："请谈谈具体情况。"

"我和我丈夫是在夜里11点45分睡的，也不知道怎么了，我在3点25分左右就醒了。听到丈夫一点儿气息也没有，觉得很奇怪，仔细一看，才发觉他已经死了。他是被人杀死的。"

"后来呢？"

"我立即下楼来给您打电话。那时我看见那扇窗户大开着。"她用手指了指那扇打开着的窗户，"凶手一定是从那扇窗户进来，然后又从那扇窗户出去的。"

词语百宝箱

呼啸　气息

史密斯走到窗户前，只觉得猛烈的寒风“呼呼”地直往屋里吹，他缩了缩脖子，忙关上窗户。他转过头来对仍在抽泣的伯顿夫人说：“验尸的事儿让警察和法医来做吧。在他们到达这里之前，你或许愿意把真相告诉我吧！”

词语百宝箱

猛烈　抽泣

伯顿夫人听史密斯这么一说，脸变得更苍白了：“您这是什么意思？”

史密斯侦探冷笑道：“因为刚才你没有对我说实话。”

为什么史密斯侦探认为伯顿夫人没说实话呢？

抽丝剥茧

史密斯从接到电话直至到达伯顿家，这期间至少有40分钟时间。如果按伯顿夫人所说，她在打电话前就发现窗户是开着的，那么，在寒冷的风雪夜，这么长时间开着窗户，房间里的温度一定会下降。可史密斯刚进伯顿家时，就感到屋里很暖和，这一点就说明那窗户并不是一直开着的，而是刚打开不久。

特别的证人

夏季的一个中午，奥地利首都维也纳的警察局突然闯进一位中年妇女，说她丈夫失踪了，并提供线索：一个星期前，丈夫同他的朋友维克多外出旅行。

警官询问维克多，维克多说："我们是沿着多瑙河旅行的。三天前，我们住在一家旅馆的同一间房子里，他告诉我要出去办点事，谁知过了三天也没有回旅馆。他到底上哪儿去了，我也不知道。"

警官立即根据维克多提供的旅馆名称打了电话，对方回答："维克多昨天已离店，与维克多同住一室的旅客没有办理过离店手续，也没有见到人。"

警察局派出几名警察，根据失踪者妻子提供的照片分头寻找，但是，找了几天也毫无踪影。警方估计，报案者的丈夫可能已经被人杀害。要侦破此案，必须先找到被害者的尸体。于是，警方派出直升机到附近的山林里去侦察，又动用汽艇在多瑙河里打捞。可是到头来白忙活了一场。于是，警方判断，被害者的尸体可能是被抛在十分偏僻的地方，而度假的人不会只身去偏僻的地方，因此，必定是被人骗到了那里。维克多是此案的重要嫌疑犯。

但维克多矢口否认与此案有关。既无口供，又无物证，警方只得暂时拘留维克多。

警官的一位好友是知名的生物学家，答应帮忙破案。经过几天的忙碌，他对警官说："老朋友，被害者的尸体可能在维也纳南部的树林里，你快带人去找吧！"警官带着警察

词语百宝箱

侦察 偏僻
忙碌

来到了南部的树林里，在一块水洼地里果真发现了一具男尸，经检验，的确是那个失踪者。死者的脖颈上有紫色伤痕，他是被凶手掐死的。

审讯开始了。警官厉声喝问：“维克多，有人告发你，是你把朋友骗到维也纳南部的树林里杀了，快交代你的犯罪经过！”

维克多冷笑道：“请证人来与我对质！”

生物学家指了指证人席上的小玻璃瓶子说：“证人在那里！它是装在瓶里的花粉！也就是从你皮鞋上的泥土里取来的花粉。”

“花粉？它怎么能证明是我犯了罪……”

“花粉是裸子植物和被子植物的繁殖器官，体积很微小，要借助显微镜才能看到。不同种的植物，它们的花粉形状也不同。我们化验了从你鞋子上的泥土里取来的花粉……”在生物学家的陈述下，维克多终于无话可说，承认了自己犯的罪。原来，维克多的朋友这次外出旅行，带了不少现金，维克多见财起意，把他诓骗到南部的树林里掐死了，并弃尸于水洼。

生物学家到底是怎么根据花粉就断定凶手就是维克多的呢？

抽丝剥茧

他发现那花粉是桤木、松树和存在于三四千万年前的一些植物的粉粒，而那些植物只存在于维也纳南部的一个人迹罕至的水洼地区。

蒙面占卜师之死

日本某旅游团踏上了中国的丝绸之路。一天夜里，蒙面占卜师在住地被人杀害，死因是有人在占卜师喝的咖啡里掺了毒。这个蒙面占卜师在日本电视《你的未来生活》栏目中名声大噪，但观众从未见到过他的真面目，对他的私生活也一无所知。在旅游团，尽管他谈笑风生，待人热情友好，但也从不摘下脸上的面纱。

这是为什么呢？中国警官在勘查现场时揭开了谜底：他蒙面是为了遮丑。

破案开始：调查旅游团内有谁与占卜师一起喝过咖啡。经过一番艰苦细致的工作，终于找到了三个嫌疑人：

惠子——占卜师的妻子；

牧村——占卜师的弟弟；

隆山太郎——旅游团成员。

惠子与占卜师感情出现了问题，此次本不愿来中国旅游，但占卜师强行拉她来到中国。为此，她每晚与占卜师争吵不休。平时她爱喝咖啡，有作案动机。

牧村是大证券商，为人阴险狡猾。为了攫取钱财常常不择手段。三年前借给占卜师一笔钱款，多次催讨未果。此次旅游中，他与占卜师喝咖啡时看见占卜师带了一笔巨款，再次索要，占卜师非但不还，还以兄长的身份斥责他的为人，使他怒不可遏。中国警官在清理占卜师的遗物时，又发现占卜师所带的巨款

词语百宝箱

名声大噪
谈笑风生
怒不可遏

已不翼而飞。

隆山太郎，服装设计师，经济拮据而又吝啬。他原来与占卜师互不相识，旅行途中才成为好朋友。他俩经常在一起喝咖啡。一次，隆山太郎请占卜师为其占卜，不知占卜师说了他什么，两人发生争吵。隆山太郎悻悻离去时，将一杯未喝完的咖啡泼了占卜师一身。

以上三人都没有证人来证明他们在占卜师的死亡推定时间内不在现场，而其他团员也都一一被排除了嫌疑。中国警官对三个嫌疑人逐个推理分析，最后查到了证据，确定了凶手。经过审讯，这个嫌疑人也供认不讳。

请问：凶手是谁，理由何在？

抽丝剥茧

凶手就是隆山太郎。无论占卜师长得多难看，在妻子和弟弟面前没必要蒙面喝咖啡，只有在外人面前才蒙面。

凶手的头发

一天早晨，在一所高级公寓内，时装模特儿苏珊的尸体被发现。她的脖子被勒着，倒在卧室的床边。发现尸体的正巧是矶川侦探。他是来调查另一个案子时路过此地的，见门没锁，觉得奇怪，便走进屋子想看个究竟。死亡时间推定是昨晚 9 点至 10 点。

哎，这右手……

矶川侦探发现被害人的右手握得紧紧的，将其掰开一看，见手指上缠着几根金色头发——是烫过的头发。

正在这时，打工的女佣人来了。

“这是凶手的头发，一定是被害人在被勒住脖子的时候拼命挣扎，从凶手的头上拽下来的。看来是仇恨苏珊小姐的人干的。在苏珊小姐认识的人中，有没有烫发的人？”

“要说烫发的人，只有给设计师当助手的马休。他住在这栋公寓的9楼，曾向苏珊小姐求婚遭到了拒绝，一定是他怀恨在心而杀了她。”

听了女用人的回答，矶川侦探向警察报了警之后，来到九楼马休的房间。

出来开门的马休的确是个满头金色卷发的美男子，看上去刚刚理过发。矶川侦探将苏珊被杀的事情告诉了他，并询问他昨晚9点至10点在哪里。

“我在自己的房间里看录像。因为单身，所以没人给我做证。不过我说的是实话，请相信我。”马休回答说。

“你是什么时候理的发？”

“昨天中午，可这与案件有什么关系？”

“被害人死时，手里攥着凶手的几根金发。为慎重起见，要和你的头发比较一下，能拔一根给我吗？”

“好，可以。拔几根都行，你检查吧。”

马休忍痛拔了两三根头发。

矶川侦探从口袋里掏出放大镜，比较着马休和从被害人手里拿来的金发。

“嗯……完全是同一人的头发！不过请你放心，你不是凶手。”

听了矶川侦探肯定的回答，马休才放下心来。

“那么，为什么苏珊小姐会攥着我的头发？”他感到很纳闷。

“最近有没有憎恨她的人到你这里来过？”

“不，最近没人来……”马休刚说了一半，“啊，差点儿忘了，女用人来过。每周一和周五女用人来给我打扫房间和洗衣服。昨天早晨还来给我搞过卫生呢。”

“那个女用人是不是也去苏珊小姐那里打扫?”

“对，是的。那个女用人每次搞完卫生回去后，我都发现我的咖啡和威士忌什么的要少一些。”

“原来如此，谜解开了，凶手就是女用人。大概因苏珊小姐当场发现了她盗窃才被杀害的，并想嫁祸于你。”

矶川侦探很快就破了案。那么有何证据呢?

抽丝剥茧

发梢的形状不同是关键所在。

矶川侦探用放大镜对比了从被害人手里拿来的头发和刚从马休头上拔下来的头发，发现发梢的形状不同。

马休的头发是昨天中午刚理过的。发梢被剪得很齐，而被害人手里攥着的头发发梢是圆的，也就是说是理发之前的头发。凶手为了嫁祸马休，在给他打扫房间时偷了几根留在梳子上的头发，又放在了被害人的手里。

毒杀案

马隆是一位性情开朗、嗜酒如命的侦探。他的职业是律师，常常在酒吧里喝得烂醉如泥，但许多案件往往就是在这种时候撞到他的手里。

这天晚上，马隆又到酒吧里去喝酒。这位“酒仙”侦探喝酒从来不吃菜，他喜欢坐在酒吧柜前喝威士忌，一边喝一边跟老板聊天。这家酒吧的老板名叫杰米，是一个和蔼可亲的生意人。

当马隆喝完第三杯威士忌时，老板的弟弟汤米走了进来。“汤米！好久不见了，来！我们干一杯！”杰米兑好了两杯掺有苏打水和冰块的混合威士忌，将其中的一杯递给了弟弟汤米，举起另一杯，说，“为你的到来干一杯！”汤米在酒吧凳上坐下，看了哥哥一眼，却没有去接那杯酒，杰米手中的那杯酒喝干了，汤米还是没有喝给他的这杯酒。

“你为什么不喝呢？是怕我投毒吗？那好，你要是信不过我，我先喝给你看！”说着，杰米端起酒杯就喝了一大口，喝完半杯，才把酒杯递给汤米，“怎么样，这下你可以放心喝了吧？”他笑着说。

马隆知道其中的缘由。原来他们是同父异母的兄弟，因为继承遗产而正在打官司，所以，弟弟汤米怕被哥哥毒死，他是不会轻易喝哥哥兑的酒的。

由于酒吧前有顾客，当着那么多人的面，汤米也不好当众给哥哥难堪；同时，他看到哥哥喝了那杯酒之后并没有什

词语百宝箱

嗜酒如命
烂醉如泥
和蔼可亲

么异样，也就打消了疑虑，小心翼翼地端起酒杯，慢慢地喝起那剩下的半杯威士忌。

这时，马隆已喝完第四杯威士忌。当他正要喝第五杯时，汤米突然倒在了自己身上。马隆扶起汤米一看，汤米已经死了。杰米奔出酒吧柜台，请求马隆帮他把弟弟送入医院，并希望马隆作为目击者证实一点：汤米之死与那杯刚喝下的酒无关。

这突如其来的死亡事件使马隆感到惊愕万分。同一酒杯中的混合威士忌，兄弟两人各喝一半，为什么哥哥喝了没事，而弟弟却突然死了呢？

喝得半醉的马隆，凭着直觉就能断定投毒的一定是杰米，但一切需要证据。经验告诉马隆：有的凶手往往事先喝解毒剂，而后再玩与对方“共饮一杯酒”的把戏。马隆立即从酒吧柜台上取过杰米喝第一杯酒的那只酒杯，检验酒杯的残液中是否含有解毒剂——化验结果令人失望，残液中丝毫不含任何解毒药剂。马隆又想道：“共饮一杯酒”还有一种情况，如果凶手和被害者之间只要有一个是左撇子，那么，两人使用大啤酒杯对饮时，由于拿杯子的手是一左一右，两人接触嘴唇的杯沿也必定是一人一边。凶手只要把毒药预先涂在对方喝的一边的杯沿上，就可以巧妙地玩“共饮一杯酒”的杀人诡计。于是，马隆提议赶来破案的警察化验杯子的杯沿。化验的结果又使马隆感到难堪，杯沿上并没涂任何毒药。

这时，杰米对马隆嘲笑道：“马隆，我看您还是再喝一杯酒吧！这样您或许会更清醒一些，祝您抓到真正的凶手！”

马隆于是开始喝第五杯威士忌。他的头脑开始发热，便要杰米往他的酒杯里放三颗冰块。由于喝得太猛，马隆一口气喝完了杯中的酒，而冰块还没有溶化。马隆真有点儿醉了，他半睁开蒙眬的醉眼，看着空酒杯中的冰块在灯光下泛着白光。

“马隆，你还想再喝吗？”杰米的声音有些异样，“我想，只有你能证实我是无罪的。”

“不！我已经识破了你的诡计！你就是毒杀自己亲弟弟的凶手！”

你明白这是怎么回事吗？

抽丝剥茧

杰米把无色透明的毒剂注入冰块中心，弟弟喝得慢，冰块融化了，毒液便释放出来了。

自杀的妹妹

一个夏天的早晨，在加拿大太平洋海岸城市温哥华的一片草地上，一具大约三十五六岁的女尸被人发现，尸体就躺在草地上铺着的一块塑料布上。

警察经过身份调查得知，死者原来住在市内的一家公寓里，是一个过着孤独生活的寡妇。她丈夫在几年前因飞机失事而遇难，此后她便靠抚恤金和生命保险金维持生活。她因花粉过敏很少外出，喜欢编织毛衣和刺绣，是个性格孤僻的女人。

推定死亡时间为前一天傍晚，死因是氰酸钾中毒，尸体旁边扔着掺有氰酸钾的果汁易拉罐空瓶。

空瓶上还留着她本人的指纹和唾液。并且，人们发现她的手提包里装着日记本，里面抄写了一首赞美死亡的诗。于是，警察就把它当作遗书，认定此案为自杀。

可是，当死者的哥哥从首都渥太华赶来处理后事，并顺便到山冈上看看妹妹死去的现场时，就马上向警察提出："刑警先生，我妹妹绝对不是自杀的。如果服毒自杀，也绝不会选择这种场所的。"

刑警大吃一惊，问他理由。

他指着现场盛开的黄色野花说明了理由。

之后，他又接着说："罪犯一定是从妹妹那里抢夺了钱财而毒死她的。然后又移尸至此，伪造服毒自杀的假现场。至于那份所谓的遗书，其实妹妹从小就喜欢诗词，早就抄到日记本上了。一定是罪犯拿到了妹妹的日记而利用了它。总之，请重新进行搜查。"

词语百宝箱

大吃一惊
花言巧语

在他的强烈要求下，警察重新进行了侦查，几天后便抓到了罪犯。

罪犯是个叫杰克逊的中年单身汉，是今年年初才搬到被害人住的公寓里来的。当他知道隔壁住着个小有钱财的寡妇后，便花言巧语地接近她，百般引诱她。

此后，正如被害人的哥哥所推理的那样，罪犯伪造她服毒自杀的假象，将尸体转移到盛开着野花的山冈上的草地里。

罪犯以为自己伪装得很成功，但没想到由于被害人哥哥的出现而使事情败露。

奇怪的是，被害人的哥哥怎么一眼就看出现场的问题，对妹妹的死因提出疑问了呢？

抽丝剥茧

哥哥知道妹妹患有花粉过敏症，所以，她绝不会选择这种场所自杀的。

伪装的自杀

在推出新人歌手规划会议时，我接到了妻子打来的电话。

“大事不好了，秋子……自杀了。”妻子惊慌失措地说。

“啊，什么时候？在哪里？”

“城北灵园，刚才接到城北警察署打来的电话，要我马上去确认死者身份……”

我立刻退出会场，驱车驶向自家，带上焦急等待的妻子，向城北警察署驶去。

“这次是用什么自杀的？”

“氰酸钾。警察说，秋子昨夜把车停在灵园，坐在车内服毒而死。今天早上被灵园管理员发现……愚蠢的秋子啊……”妻子春子泣不成声。

秋子和春子是孪生姐妹，是有名的歌手。两年前，二人引退，春子和我结了婚，而秋子的感情不顺，她恋上了一个电视导演，麻烦事便纷至沓来。

> **词语百宝箱**
> 泣不成声
> 纷至沓来
> 风流倜傥

“自杀原因仍是因为田坂吗？”

“我想是的。”

“已通知他了吗？”

“没有。我讨厌见到他。”妻子厌恶地说。

田坂就是那位电视导演，身高一米八，风流倜傥。但两人经常争吵，秋子曾在去年年底自杀过一次。

到了城北警察署，警察把我们带往灵园。遗体放在管理事务所的一间屋里，盖着白色罩布。

秋子的脸上格外的平静，春子抽了口气，把脸埋在我肩上。我对检视官点了点头。

“死因是氰酸钾中毒。掺在可乐中喝了，从可乐的瓶子上，只验出本人的指纹。这是遗书，在手提包里。”检视官说。

遗书是用圆珠笔在便笺上潦草写成的：“春子姐，我是个愚蠢的女人，带上我的那份幸福生活吧。”

“肯定是本人的笔迹吗？”刑警问。

春子默默点了点头，然后悄悄对我说：“和去年自杀时写的一模一样。”

我把去年秋子自杀未遂的事讲给检视官听。

“不错，的确如此。自杀者有反复自杀的情况。遗书写着同样的话，也屡见不鲜。”

“死亡原因很清楚，所以没解剖尸体，现在可以领回遗体了。”

遗体刚刚检视完，还赤裸着。我和妻子给她穿上生前的衣服。这时，我突然产生了一种奇怪的错觉，仿佛在练习给妻子擦尸身。因为是孪生姐妹，两人犹如一个模子里出来似的，就连身高也不差分毫。因此，我产生错觉也不是没有道理。

遗体由殡仪馆运走了。

我问刑警秋子的车放在哪里，刑警告诉我在墓地现场，因为怕万一出现疑点，因此车还是原封不动地放着。不过既然没有问题了，那我们就可以把车领回了。

刑警坐上我们的车，一起来到现场。秋子的车停在墓地里面的空地上，那辆车是妻子当歌手时，和秋子共同使用的，春子和我结婚后，由秋子专用。

“只从驾驶台上搬出尸体，车上一切都没动。今早发现车时，引擎已熄火，灯也灭了。”刑警说。

“车门锁着吗？”

“副驾位置门没锁，所以没用钥匙就搬出了尸体。”

我打开车门，看了看车内，钥匙原封不动地插在点火开关上，副驾的座位上，没有可乐的污迹。

我和妻子站在秋子的车旁，环视这一带，深更半夜，秋子会在这种令人毛骨悚然的墓地，独自在车内服毒吗？我胸中闷得难受，春子也一定是和我一样的心情。

“这部车我开回去吧。”

“不，我来，我习惯开这部车。”

“不要紧吧。”

“没事。”妻子坚毅地回答。

她坐上驾驶台，紧握方向盘，闭上一会儿眼睛。我回到车里，把车倒到路上，妻子也发动了引擎，缓慢开动，但她马上又停住车，从车上下来。我一看，原来妻子在调整左右两旁汽车后视镜的高度。她再次回到驾驶室后，对我做了个 OK 的手势。

我们回到事务所，检视官交给我一张表格，是死亡诊断书，交给政府机关，就可以允许火葬了。

“麻烦您了，很对不起，这事已最后判定为自杀了吗？”

“是的，既然有遗书，死因也很清楚，所以……”

“但是，我看不能简单认为是自杀。”我毅然地说。妻子也吃了一惊，望着我。

刑警的表情立刻变得严峻起来：“您发现什么疑点了吗？”

“是的，遗书还没经过准确的笔迹鉴定，不敢肯定是伪造的，但是，可以断定她不是在这灵园自杀的。”

“有证据吗？”

“对，有一点。”我说出证据后，刑警和检视官嘀咕一阵，思考片刻后问我妻子：“夫人身高多少？”

“一米五七。”

“不错……如果您丈夫所说属实，这便是一起巧妙伪装的自杀，马上再侦查，那个田坂导演的住所在哪里？”

刑警拿出本子记下。

那么，发现伪装自杀的证据究竟是什么呢？

抽丝剥茧

秋子不是自杀。如果真是秋子自己开车到灵园自杀，春子没必要调整汽车后视镜，因为两人的身高是一样的。然而，汽车后视镜被动过，说明开车的并不是秋子，而是凶手，他开车把秋子或秋子的尸体载到灵园，伪装成秋子的自杀现场后逃跑，但是没有把后视镜调回原来的位置，便露出了破绽。

海琳先生的死因

孤身老人杰考勃·海琳突然死了。伦敦警察厅的安东尼·史莱德探长闻讯赶到了现场。

案件发生在昨天，死者还在客厅里，有一支自动手枪掉在身边。枪弹的射角很低，上颚明显地被打穿了，嘴里有火药的痕迹。这些迹象都表明，手枪是放在嘴里发射的：一个理智正常的人绝不允许别人将手枪放进自己的嘴巴里，除非是中了毒，但死者并无中毒现象，所以显而易见是自杀。

词语百宝箱

显而易见
悭吝
谋财害命
翻阅

史莱德探长从死者口袋里翻出一张便条和一张名片。便条是为海琳看病的贝尔大夫写的，内容大概是即日上午不能依约前往诊视，改为次日上午来访云云。名片是另外一个人留下的，上写：肯普太太，伦敦西二邮区卡多甘花园34号。史莱德又把首先发现海琳死亡的卡特太太和在这个街区巡逻的警察找来询问。

卡特太太是定期来为海琳料理家务的女佣：她对海琳的印象不佳，认为他是个守财奴，悭吝、尖刻、神经质，这样的人自杀是不足为奇的。近一段时期，她到乡下去了，昨天傍晚来到海琳家时，发现他已经死了。

巡街警察则提供了一个情况，说他昨天巡逻时，曾看见一个妇女从海琳的住宅里走出来，看不清其面貌特征，留下比较深刻的印象是因为这个妇女拿着一只很大的公文包。

打发走两个证人后，史莱德又开始检查海琳的财物。他从书桌里找到一串钥匙，试了几把后，打开了放在客厅角上的保险箱。里面没有什么东西，仅一个银行存折，也没留下多少存款。在电话里，银行职员回答史莱德：“海琳曾在银行里存了不少钱，但在三个月前已全部取走了。”

“钱到哪里去了呢？”史莱德怀疑这是谋财害命的案件。最近同海琳接触的只有两个人：一个是贝尔医生，但贝尔已写信告诉海琳，昨天没有空来，今天才会来；另一个就是留有名片的肯普太太。巡逻的警察昨天看到过一个妇女从海琳的住宅出来，手里拿着大公文包，包内藏着的莫非就是从保险箱中窃得的钱财？

海琳的写字桌抽屉里有一扎信件，史莱德匆匆翻阅一遍后，没有发现与这个肯普太太相关的内容，倒有不少贝尔医生所开的药方。这就奇怪了，经常有往来的医生昨天案发时没有来，来的却是一个从无交往的肯普太太。

想到这里，史莱德打了一个电话到居民登记处，回答是不存在卡多甘花园34号这个地址，当然也没有肯普太太这个人。这时，史莱德脑子里渐渐地清晰起来了。

正在这时，大门口出现了一个陌生人，他看到客厅里的情景，赶忙收住脚步，显出莫名其妙的样子："对不起，我是贝尔医生，是为海琳先生看病的，不明白这里发生了什么事？"

"海琳先生死了！"史莱德说，"你来得正好，我正有事想向你请教。"

贝尔医生怔了一怔："探长先生，我将尽力而为。"

"贝尔医生，凶手就是你！实际上你昨天已经来过了。你杀死了海琳先生，还打开保险箱取走了海琳先生的钱财……"

你知道这到底是怎么回事吗？

抽丝剥茧

贝尔借口看海琳的舌头，把手枪放进他的嘴巴，将他打死。然后换上女装，拿着钱走了出来，贝尔精心伪造的凶杀现场使侦探以为海琳是自杀。

戴墨镜的凶手

一个下着小雪的寒冷夜晚，11点30分左右，罗波侦探接到报案，急速赶往现场。

现场是位于繁华大街上一条胡同里的一家拉面馆。挂着印有"面"字样的半截布帘的大门玻璃上罩着一层雾气，室内热气腾腾，从外面无法看见室内的情景。

拉开玻璃房门，罗波侦探一个箭步闯进屋里，他那冻僵了的脸被迎面扑来的热气呛得一时喘不过气来。落在肩头的雪花马上就融化掉了。

词语百宝箱
融化　殷红
改邪归正

在里面角落的一张桌子上，一个流氓打扮的男子，头扎在盛面条的大碗里，太阳穴上中了枪，死在那里。大碗里面流满了殷红的鲜血。

“侦探先生，深更半夜的真让您受累了。”面馆的老板献媚地露出笑脸，上前搭话说。

罗波马上想了起来，老板以前被松本抓到大牢里过。

“啊，是你呀，改邪归正了吗？”

“是的，总算……”

“你把那个人被杀的情景详细讲给我听。”

“11点半左右，客人只剩他一个了。他要了两壶酒和一大碗面条，正吃的时候，突然门外闯进来一个人。”

“是那家伙开的枪？”

“是的，他一进屋马上从皮夹克的口袋里掏出手枪开了一枪。我当时正在操作间里洗碗。哎呀，那真是个神枪手，他肯定是个职业杀手。开完枪后他就逃掉了，我被这突如其来的事情吓呆了。”老板好像想起了当时的情景，脸色苍白地回答。

“当时这个店就你一个人吗？”

“是的。”

“那罪犯的长相如何？”

“这个可不太清楚，高个子，戴着一个浅色墨镜，鼻子下面蒙着围巾。总之，简直像风一样一吹而过。”

“是吗？……”

罗波略有所思地紧紧盯着老板的脸。

“那么，太可怜了。因为你又该去坐牢了。你要是想说谎，应编造得更高明一点儿！”罗波侦探如此不容置疑的口气，使面馆老板吓得浑身一哆嗦。

那么，罗波侦探是如何推理、识破老板谎言的呢？

抽丝剥茧

面馆老板说罪犯是个戴墨镜的人，这是在说谎，因为进入温暖的房子时，镜片上会结霜导致看不清东西，根本不可能马上射杀被害者。

球赛时间

市郊的池塘里有一具男尸，经法医检验：死者 30 岁左右，身高 1.73 米，较瘦。死亡时间大概在 15 小时以前(即前一天晚上 7 点钟左右)，死亡原因系窒息所致。死者死前曾喝过酒，是被人用绳子勒死后扔进池塘中的。经身份调查，死者是搬运队的本村。

> **词语百宝箱**
>
> 窒息　消失
> 典型

松本警长在池塘边拖动尸体时，已经注意到一处可疑的地方。那里的杂草被压倒了一大片，周围有一片很深的脚印，警长一眼就看出了那是一个人负重行走时留下的，就说：“这儿可能就是罪犯将尸体扔进池塘的地方。”他们顺着脚印走了一段路后，又出现了一辆自行车的车轮印，而这时脚印却消失了。

警察们顺着车轮印来到一户人家门前，敲开了大门。那是一个典型的单身男人的住处，茶几上放着几个空酒瓶，还有酒杯、香烟头和一些空碗碟。

经过询问，松本警长知道屋子的主人叫川岛一郎，他在昨晚 7 点一边喝酒，一边看转播的球赛，他的同事冈山在场。

松本警长找到了冈山，问道："请你回忆一下，昨天下班后你去过哪里？"

冈山说："昨天下班后，我到一家小酒馆喝了一点儿酒。我走出酒馆的时候，遇到了同事川岛，他让我和他一起去他家再喝点儿。我本来不想去，但他对我说还早呢，一会儿还有一场球赛转播。我一听说有球赛，就让他骑着车带着我到他家去了。一进门，他马上打开了电视机，球赛刚好开始。"

"你知道球赛是几点钟开始的吗？"

"电视屏幕上的时间是19点。球赛结束，我就到女朋友美枝子那里去了。"

"你到美枝子那里是什么时间？"

"我也搞不清楚，只觉得时间已经很晚了。因为我本来在酒馆喝得就够多了，到川岛家又喝了不少，所以我醉了。"

"你能肯定你在川岛家只待了一场球赛的时间吗？"

"我能肯定，我只待了一场球赛的时间。"

松本警长回到办公室开始分析这个案子。从作案现场的脚印和车轮印来看，杀害本村的凶手就是川岛，但川岛没有作案时间，所以此案的推断不能成立。松本警长把头靠在椅背上听着他与冈山谈话的录音。突然，他猛地站了起来说道："来人，马上逮捕川岛。"

到底是怎么回事呢？川岛不是没有作案时间吗？

抽丝剥茧

冈山看的球赛是川岛放的录像，他带着冈山到自己家后看球赛，屏幕上显示19点，让冈山看到错误的时间。其实，19点时川岛已把本村杀了。

黑屋子

半夜，正在熟睡的私人侦探杰克突然被一阵敲门声惊醒。开门一看，敲门者是住在楼下的哈里教授的外甥希尔。

只见他十分不安地对杰克说："今天哈里约我晚上到他家，我路上有事耽搁了时间，到了哈里家的门口，我喊哈里，没人应，不知哈里家里发生了什么事，我又不敢进去，所以请您去看看。"杰克立即穿上外衣和希尔出了门。

词语百宝箱

不安　耽搁
空无一物
惊恐

希尔对杰克说："最近，我舅舅的一项发明成功了，得了不少奖金，有人很眼红，我担心他会为此出事。"

正说着，他们来到了哈里家门口。杰克撞开门，伸手摸墙上灯的开关，灯却不亮。希尔说："里面还有盏灯，我去开。"说着，他走进了漆黑的屋子，不一会儿灯亮了。他们发现教授躺在离门口一米远的过道上。希尔低低地叫了声："天哪！"赶紧跨过尸体，回到杰克身边。

杰克立刻检查尸体，发现教授已经断气了。屋角的保险柜却打开着，里面已空无一物。希尔惊恐地说："这会是谁干的呢？"

杰克冷笑了一声说道："别演戏了，希尔先生，凶手就是你！"

那么，杰克是如何断定希尔就是凶手的呢？

抽丝剥茧

希尔进去开灯，尸体横在门口，他却没有被绊倒，说明他早已知道那里有具尸体。

预谋杀人案

内华达州法院正在开庭审理一起杀人案。

琼斯被控告在一个月前杀害了约瑟夫。警察和检察方面的调查结果显示：从犯罪动机、作案条件到一些人证、物证都对他极为不利，虽然至今警察还没有找到被害者的尸体，但公诉方面认为，已经有足够的证据能把他定为一级谋杀罪。

琼斯请来一位著名律师为他辩护。在大量的人证和物证面前，律师感到捉襟见肘，但他不愧是位精通本国法律的专家，急中生智地把辩护内容转换到了另一个角度上，从容不迫地说道："毫无疑问，从这些证词听起来，我的委托人似乎确定是犯下了谋杀罪。可是，迄今为止，还没有发现约瑟夫先生的尸体。当然，也可以做这样的推测，即便是凶手使用了巧妙的方法把被害者的尸体藏匿在一个十分隐蔽的地方或是毁尸灭迹了，但我想在这里问一问大家，如果事实证明那位约瑟夫先生现在还活着，甚至出现在这法庭上的话，那么大家是否还会认为我的委托人是杀害约瑟夫先生的凶手呢？"

陪审席和旁听席上发出窃笑声，似乎在讥讽这位远近驰名的大律师竟会提出这么一个缺乏法律常识的问题来。法官看着律师说道："请你说吧，你想要表达的是什么意思？"

"我所要表达的就是这个意思。"律师边说边走出法庭和旁听席之间的矮栏，快步走到陪审席旁边的那扇侧门前面，用整座厅里都能听清的声音说道："现在，就请大家看吧！"说着，一下拉开了那扇门……

所有的陪审员和旁听者的目光都转向那扇侧门，但被拉开的门里空空如也，没有任何人影，当然更不见那位约瑟夫先生……

律师轻轻地关上侧门，走回律师席中，慢条斯理地说道：“请大家别以为我刚才的那个举动是对法庭和公众的戏弄。我只是想向大家证明一个事实：即使公诉方面提出了许多所谓的‘证据’，但迄今为止，在这法庭上的各位女士、先生，包括各位尊敬的陪审员和检察官在内，谁都无法肯定那位所谓的‘被害人’确实已经不在人间了。是的，约瑟夫先生并没有在那扇门口出现，这只是我在合众国法律许可范围之内所采用的一个即兴的心理测验方法。从刚才整个法庭上的目光都转向那道门的情况来看，说明大家都在期望着约瑟夫先生在那里出现，从而也证明在场的每个人的内心深处，对约瑟夫到底是否已经不在人间是存在着怀疑的……”说到这里，他顿了片刻，把声音更提高了些，并且借助着大幅度挥动的手势来加重语气，“所以，我要大声疾呼：在座这12位公正而又明智的陪审员，难道凭着这些连你们自己也存在顾虑的‘证据’就能裁定我的委托人便是‘杀害’约瑟夫先生的凶手吗？”

霎时间，法庭上秩序大乱，不少旁听者交头接耳，连连称妙，新闻记者竞相奔往公用电话亭，给自己报馆的主管报告审判情况，预言：律师的绝妙辩护可能使被告琼斯获得开释。

当最后一位排着队打电话的记者挂断电话回到审判庭里时，他和他的同行们听到了陪审团对这案件的裁决，那是同他们的估计大相径庭的：陪审团认为被告琼斯有罪！

那么，这一认定又是根据什么呢？

词语百宝箱

慢条斯理　交头接耳
大相径庭

抽丝剥茧

做出以上的裁决是因为坐在被告席对面的主审法官提醒了陪审团：刚才，在律师进行那场“即兴的心理测验”的时候，全厅的目光确实都转向了那扇侧门，但唯独被告琼斯例外，他依然端坐着木然不动。因此，可以得出推论，在全厅的人中他最明白：死者不会复活，被害者是不可能在法庭上出现的。

满是泡沫的啤酒

张三是个有名的酒徒，经常酒后与人发生争执，因此，左邻右舍对他避而远之，亦有人对他恨之入骨。

词语百宝箱

避而远之
恨之入骨
恍惚　疲倦

一天早晨8时许，他被人发现倒毙在房间地上。

警方接到房东报案后，立即赶到现场。房间里除了张三的尸体外，在桌上还有一瓶喝了一半的啤酒和一杯满是泡沫的啤酒。

警察向房东录取口供，房东神情恍惚地说："今晨3时许，我正在睡梦中，似乎听见张三的房间里传来争吵声，后来又传来打斗声，但我因太疲倦，也没理会，早晨起来就发现他死了。"

警察听罢供词，在观看现场情况后，随即严厉地对房东说："你做假口供！"

在警察拿出证据后，房东终于承认，刚才向张三索要欠下的房租，二人发生争执，因一时气愤而将他杀死。

那么，警察依凭什么线索，证明房东是在说谎呢？

抽丝剥茧

关键就在那杯满是泡沫的啤酒上，如果张三是凌晨3时死亡，啤酒是不应该还有泡沫的。

冰河凶案

1月，正是苏格兰冰天雪地的冬天。许多游客专程到这里欣赏大雪纷飞的景色，并且到滑雪场尽情运动。福尔摩斯和华生也离开了潮湿多雾的伦敦，来到滑雪场附近的朋友家里。他们白天滑雪，晚上看书，准备在这里度过一个惬意的冬天。

这天晚饭后，福尔摩斯和华生到屋外散步。外面一片白雪皑皑，长筒鹿皮靴子踩在积雪上，发出沙沙的声响，四周一片寂静，简直就像童话世界一样。当他们转过一片小树丛的时候，忽然从树丛后面跳出一个身穿黑色大衣的男子，他全身上下湿漉漉的，在寒风中冻得瑟瑟发抖。看到福尔摩斯和华生，他立刻大叫起来："来人哪，有人落水了，快来帮忙救人啊！"

"怎么回事？"热心的华生连忙跑过去问他，"谁落水了？在哪里？"

那个男人抓住华生的手说："我和我的朋友出来散步，我们从结冰的湖面上走过来。一块薄冰忽然裂开，我的朋友掉了下去。天啊！我没有拉住他，随后我跳下水去，也没有找到他，只好跑来找人帮忙，我们快去救他吧！"

人命关天！福尔摩斯和华生二话不说，立刻和那个男人一起向湖边跑去。他们穿过树丛，越过一道土丘，在冰面上艰难跋涉。看到那个男人的黑色大衣湿漉漉的都快结冰了，福尔摩斯连忙把自己的大衣脱下来给他穿上。

半小时以后，他们终于到达了发生事故的地方。由于大雪不止，破裂的冰层上已经结了一层薄冰。经过这

词语百宝箱

惬意　白雪皑皑
寂静　瑟瑟发抖

么长时间，看来失足落水的人已经没有生还的希望了。“约翰，我的朋友，我来晚了！”那个男人扑倒在地，伤心地大哭起来。

福尔摩斯拉住他说：“省省吧，你这出戏倒是演得不错，可惜碰上了我们。你虽然精心策划，但还是留下了破绽。”

华生有些不解地问道：“现在死者还没有被打捞上来，冰层破裂的地方也完全是自然形成的，不像人工切割的样子，你为何判断他的朋友是被害死的呢？”

福尔摩斯微笑着说：“不错，冰层的确是自然破裂的，但这并不能说明他的朋友是失足掉下去的。根据我的判断，很可能是被他杀害以后，扔到湖里去的！”

你知道大侦探福尔摩斯为什么能识破杀人犯的诡计吗？杀人犯在哪里露出了破绽？

抽丝剥茧

男人身上湿漉漉的。而事发地距他出现的地方有半小时路程，他全身应冻得结冰才对，所以，他的朋友是他杀害后再推下冰河的。

望远镜里的毒针

伽利略有个爱女叫玛丽娅，在离伽利略住处不远的圣·玛塔依修道院当修女。伽利略常去看望女儿。

有一天，玛丽娅给伽利略写了一封信，信中写道：“昨天早晨，修女索菲娅躺在高高的钟楼凉台上死去了。她的右眼被一根细细的约5厘米长的毒针刺中。这根带血的毒针就落在尸体旁边。有人说，她是自己把毒针拔出后死去的。

钟楼下面的大门是上了门栓的。这大概是索菲娅怕大风把门吹开，在自己进去之后关上的。因此，凶犯绝不可能潜入钟楼。凉台是在钟楼第四层朝南的方向，离地面约有 15 米，下面是条河，离对岸 40 米。昨晚的风很大，凶犯想从对岸把那毒针射来，还要正好射中索菲娅的眼睛，是根本不可能的。院长认为索菲娅的死是自杀。可是，极端虔诚的索菲娅，会违背教规用这样奇特的方法自杀吗？……”

伽利略看完信，就去修道院看望女儿。

“就是那座钟楼。看见凉台了吗？”在修道院的后院，玛丽娅指着钟楼上的凉台说。

钟楼的台阶太陡，伽利略上不去，就在下面对凉台的高度和到对岸的距离进行了目测，并断定凶犯不可能从河的那边把毒针射过来。

“听人说，她对您的地动说很感兴趣，还偷偷地读了您那本已成为禁书的《天文学对话》。院长要是发现，很可能把她赶出院门。可是她非常好学，又很勇敢。那天晚上，肯定是上钟楼遥望星星和月亮去了。”

“有没有他杀的可能？也就是说有没有人对她恨之入骨，非置她于死地不可呢？”

“索菲娅家里很有钱。她有个同父异母的弟弟。今年春天，她父亲去世了。索菲娅准备把她应分得的遗产，全部捐献给修道院。可是，她的弟弟反对她这样做，还威胁说，要是索菲娅敢这样做，就提出诉讼，剥夺她的继承权。事发的前一天，她弟弟送来一个小包裹，可能是很重要或者很贵重的东西。今天，在整理她房间时，那个小包裹却不见了。会不会是凶犯为了偷这个小包裹，而把她杀死了？”

伽利略望着钟楼下流过的河水，喃喃自语道：“如果把那条河的河底疏浚一下，或许能在那里找到一架望

词语百宝箱

勇敢　遥望

喃喃自语　疏浚

远镜。"

第二天早晨，玛丽娅急匆匆地回到自己家中，对伽利略说道："父亲，找到了。是这个吧？"说着，取出一架约有47厘米长的望远镜，"这是看门人潜入河底找到的，准是索菲娅的弟弟送来的，因为以前我从未见到她有过望远镜。可是，这和杀人有什么关系呢？"

伽利略接过望远镜，仔细地看了看，说："果然和我想的一样。"

伽利略接着解释了一番："可怜的孩子，中了毒针，却又不能大声对人呼救！"

"为什么她不喊救命呢？"

"因为她是在看了我的那本被禁的书《天文学对话》后，为了弄清楚地动说而进行天体观测的。这绝不能让院长知道，不能呼喊。她也许是想拔出毒针，自己来治好这伤，但毒性很快扩散，无法解救了。"

到底是谁杀死了索菲娅呢？为什么？

抽丝剥茧

是索菲娅的弟弟杀死了索菲娅。他事先在望远镜的筒里装上毒针，等索菲娅用镜时，为了对焦就要调节筒内的螺丝。这时，弹簧就把毒针射入了她的眼睛。

死人河

名探包洛和其他游客在穿越广阔的西部的旅途中，遇到一条浑浊肮脏的河沟。向导说，人们都叫它"死人河"。名称的由来是这样的：

星原是这一带有名的医生。一天下午，他正为一个小贩治病，吉恩闯进了诊室。吉恩说，他在城里偶然遇到一个手握六响双枪的强盗在抢劫银行。由于枪战引起了混乱，吉恩被误认作是那个劫匪，不得不到此躲藏。当时情况十分紧急，不允许吉恩找证据澄清真相，况且一位警官已追踪而至。星原相信吉恩是清白的，因此他穿戴上吉恩的衣帽，想把警察引开，好让吉恩逃脱。在告诫那个小贩一定要严守秘密之后，星原从床下拿出一条6英尺长的空心胶管。他要吉恩跳下河沟，通过胶管呼吸，胶管的口径约1英寸。安排好这一切后，星原骑上吉恩的马跑开了，警官紧追不舍。这样，吉恩摆脱了追捕。然而，结局却非常不幸，吉恩死了——溺死于河中。星原将警官引开之后，小贩将吉恩从水中捞出。星原猜测吉恩也许是因为在水下惊慌失措才被淹死的。

词语百宝箱
澄清　紧追不舍
惊慌失措

听向导介绍到这里，包洛打断他的话说：“不，吉恩是被人谋杀的。”

包洛何以得出这样的结论？

抽丝剥茧

在水下通过一条长6英尺，口径为1英寸的胶管呼吸，吉恩将很快窒息，因为他吸入的正是他呼出的气体，而没有氧气。这简单的医学常识星原当然懂得，所以他是故意借此杀害吉恩的。

方块Q

一天早晨，单身生活的扑克占卜师在公寓的房间里被杀。他是被匕首刺中后背致死的。据推测被害时间是昨晚9点左右。看上去是在占卜时受到突然袭击的，尸体旁边丢的到处是扑克牌。被害人死时手里攥着一张牌，是张方块Q。

词语百宝箱
公寓　袭击

“为什么死时攥着一张方块Q呢？”江户警部感到奇怪。

“大概是想留下凶手的线索，才抓在手里的。”团侦探说。

“那么说，凶手是与钻石有什么关系？”

“扑克牌的方块儿与宝石中的钻石是不同的，是货币的意思。黑桃是剑，红桃是圣杯，梅花表示棍棒。”团侦探解释说。

不久，侦查结果出来了，调查出以下三个嫌疑犯：

——职业棒球投手

——宠物医院院长

——歌舞伎演员

“三个人似乎都与扑克牌里的方块儿没什么关系。”警部感到纳闷。

“即使没关系，这个家伙也是凶手。”团侦探果断指出了真凶。

那么，凶手到底是谁？

词语百宝箱

线索　纳闷

抽丝剥茧

凶手是宠物医院的院长。

扑克牌里的方块Q是女王，也就是女人。三个嫌疑犯中只有宠物医院院长是女性。职业棒球投手和歌舞伎演员都是男性。被害人为暗示凶手是女人，临死前抓到了方块Q这张牌。

枪杀之谜

D是香港黑社会的一员干将，觉悟后决心重新做人，脱离黑社会。可是由于他知道很多黑社会的内幕，黑社会头目怕他泄露秘密，就派遣手下人去杀他，可怜的D却毫不知情。

词语百宝箱

内幕　派遣

一天晚上，D被发现死在一辆末班公共汽车的上层（公共汽车是双层的），死因是左边的太阳穴中弹。这路公共汽车是D回家必坐的，终点站正好在他寓所的楼下。由于司机看不到上层的情况，案发时车上可能只有D一个乘客，所以没有人看到事件发生经过，直到清洁工人打扫车厢时才发现D的尸体。

词语百宝箱

回忆　聚精会神

警方虽然知道是黑社会杀人灭口，但对此案的发生经过不清楚。根据当晚比D早一站下车的一个乘客回忆，当他下车时，看见D正在聚精会神地看报纸，全车只剩下D一个人了，以后的事情就不知道了。

那么，凶手是怎样枪杀D的呢？请你推理一下。

抽丝剥茧

凶手是利用乘客下车时，公共汽车停在终点站的瞬间，从车站附近二楼的窗口开枪杀死D的，当然，这凶手得是一个神枪手。

血液破案

这件案子发生在夏天的一个晚上。

渔民A和B坐在远离村子的河堤上，一边乘凉一边闲聊，可能因为天气闷热的缘故，蚊子特别多，咬得人心里直烦。两个人谈着谈着突然大吵起来。

A一气之下，拿块石头击中了B的头部，没想到一失手就把B打死了。

词语百宝箱

闲聊　闷热

后悔　罪责

A虽然非常后悔，但为了逃避罪责，还是匆忙用草将B

的尸体盖住后逃离现场。当然他在逃走前，没忘记把自己的脚印和指纹都抹掉。

第二天，尸体被人发现后，警方对现场进行调查，虽然谁也没见到 A 和 B 吵架，但警方还是一下子就捉住了 A。事实上，警方是根据 A 的血液来破案的。

但是，A 并没有受伤，那天怎么会在现场留下血迹呢？

抽丝剥茧

在乘凉时，由于蚊子不停地吸 A 和 B 的血，A 打死了不少蚊子。这样，落在现场的蚊子尸体中便留下了 A 的血液。

警方正是以蚊子所吸的血，检验出凶手血型的。

被谋杀的老妪

哈莱金接过一份报告，看了一会儿，对警长说："根据验尸的报告，特里德太太是两天前在她的厨房中被人用木棒打死的。这位孤独的老妪多年来一直住在某山顶上破落的庄园里，与外界几乎隔绝。你想这是什么性质的谋杀呢？"

"哦，真该死！我昨天凌晨 4 点钟就接到一个匿名电话，报告她被人谋杀了，但我还以为这又是一个恶作剧，因此直至今天还没有着手调查。"警长莫纳汉尴尬地说道，"那么我们现在去现场看看吧。"

警长将哈莱金引到庄园的前廊说："由于城里商店不设电话预约送货，必须写信订货，所以老太太连电话都很少打。除了一个送奶工和邮差是这里的常客之外，唯一的来客就是每周送一次食品杂货的男孩子。"

词语百宝箱

孤独 破落
尴尬

哈莱金紧盯着放在前廊里的两摞报纸和一只空奶瓶，然后坐在一只摇椅上问："谁最后见到特里德太太的？"

"也许是卡森太太，"警长说，"据她讲，前天早晨她开车经过时，还看见老太太在前廊取牛奶呢。"

"据说特里德太太很有钱，在庄园里她至少藏有5万元。我想，这一定是谋财害命。凶手手段毒辣，但我们现在还找不到线索。"

"应该说除了那个匿名电话之外，我们还没有别的线索。"哈莱金更正道，"凶手实在没料到你会拖延这么久才开始侦破！"

哈莱金怀疑谁是凶手？

抽丝剥茧

哈莱金怀疑送奶工是凶手，打匿名电话的是送奶工，他以为警察接电话后很快就会开始侦破，因此他不必再送奶了，而现场有两份报纸，却连一瓶牛奶也没有。

不在场证明

某星期天早晨，G湖水面上漂浮着一具垂钓者的尸体。看上去像是乘租用的小船垂钓时，船翻溺水而死的。死亡时间是星期六下午5点钟左右。起初这起死亡事件被认为是单纯的意外事件，但经刑警调查后认定是他杀案，而凶手竟是死者的朋友，因为他欠死者一大笔钱。

可是罪犯有不在现场的证明，星期六他租用另一条船在湖上与被害人一起钓鱼，下午3点钟左右与被害人分手，一

词语百宝箱

漂浮　单纯

个人乘坐G车站15点40分出发的电车回到K市自己的家里。列车到达K市车站是18点30分。这期间罪犯一直坐在列车上，并有列车员确切的证词。

词语百宝箱
确切　揭穿

然而，当刑警了解到此人在某大学的附属医院任药剂师时，便揭穿了他巧妙作案的手段。

那么，罪犯是用什么手段使被害人溺水而死的呢？

抽丝剥茧

是使用了麻醉药。与被害人一起钓鱼的罪犯，在下午3点钟离开时用麻醉药使被害人睡着，然后离去。不久，被害人从昏睡中醒来想爬起来时，因身体摇晃站不稳，致使船翻，被害人落水溺死，时间正是下午5点钟左右，而此时罪犯已在开往K市的电车上了。

记事本

小D是个出名的混混，他为了还赌债竟想杀害自己的婶婶夺取钱财。

婶婶独居，小D事先打电话给她："婶婶，晚上我去看你，好吗？"

"今晚8点以后我在家，不过你可别又想出花招骗我的钱。"婶婶知道小D一来，肯定是来要钱的。

晚上8点多钟，小D提了盒蛋糕去看婶婶。

"哟，小D还是头一次这么大方呢！"婶婶放松了警惕，刚吃了一口蛋糕，就被毒死了，原来小D在蛋糕上涂了毒药。

词语百宝箱
大方　警惕

小D将婶婶的钱财席卷一空，正准备匆匆离开现场，突然发现电话机旁的记事本上用铅笔写着一行字：晚8时，侄子小D预约来访。

词语百宝箱

席卷一空
匆匆

小D立刻把这张纸撕下烧毁，扔进抽水马桶里用水冲干净了，然后逃离现场。

第二天，小D刚刚起床就被捕了。破案的线索就是那本记事本。请问是怎么破的案？

抽丝剥茧

记事本上的字是用铅笔写的，因此，在下面一页上肯定留有痕迹，很容易知道撕去的一页上写的什么内容。

除了作案的人，别人是不会把那张纸撕掉的。

头发

居住在郊区一幢住宅内的丽娜小姐，早上被人发现死在寓所内。

根据法医检验，死者是被人用细绳类的东西勒死的，但找遍整个住宅，却没有发现类似的凶器，警察相信是凶手杀人后将凶器带走了。

但其中一名警察，无意中看到墙上挂着一张奖状，知道死者原来是该市竞选出的美发小姐，警察看了一眼死者又黑又长的头发，带着惋惜的口吻说："唉！这样一个年轻貌美的女孩，这么早就结束了生命，多可惜啊！"

词语百宝箱

无意 惋惜
貌美 生命

忽然，这名警察大叫一声："我知道凶器在哪里了！"聪明的读者你也知道了吗?

抽丝剥茧

勒死死者的凶器，就是死者自己的长发。

凶手将一束死者的头发缠绕在她脖子上将她勒死，再把头发弄散，消灭痕迹。

烟囱上的积雪

词语百宝箱

独身 初步
传讯 察看

某天，W村所在的地区下了一天大雪，直到晚上8点多钟雪才停了，地上积有15厘米厚的雪。在晚上9点左右，W村发生一起凶杀案，死者是住在村边的独身老头儿李某。

经过公安人员的初步调查，发现一名有重大嫌疑的男子，他是住在村子另一头的单身汉汪某。

于是，公安人员连夜传讯他，汪某提出了自己不在场的如下证明：

“我独居在此，所以没有人能证明我当时不在现场。但是我确实一直都待在家里。8点多雪停之后我烧水准备洗澡。9点左右我大概正在洗澡呢。”

你相信汪某不在场的供词吗?

公安人员在他的院子里察看一番，还特意爬上房子看了看烟囱，然后得出结论说汪某的证言是假的。

抽丝剥茧

汪某不在现场的证言是假的。他说烧水洗澡，可是烟囱上的雪并没融化，风一吹，雪都飞起来了。

密室杀人

一天夜里，在日本北海道的一个偏远小村庄，一间古老的农舍里发生了一起凶杀案。那是一间有6个榻榻米面积大小的房子，一个独居的男子被人用刀刺死在里面。

> **词语百宝箱**
> 偏远　古老
> 不可思议

尸体在第二天早晨才被发现。当地农民向警方报了案，警方派了对当地情况非常了解的警探小野前去破案，小野来到小村庄，对农舍进行了仔细搜查。但不可思议的是：农舍的门、窗都是从里面锁起来的，而且木板套窗也钉死了，也就是说，这个房子从内部密封完好。

那么凶手在杀死被害者后，是如何从这间房子逃走的呢？

抽丝剥茧

在古老的日式房子中，就算门和窗都上了锁，仍然有个地方可以打开，那就是榻榻米下面的地板。凶手在房内将被害者杀死后，特意将门窗关起来，使房间变成密室，再从榻榻米下面逃走。

坠楼的真相

词语百宝箱

著名　时分
生前

著名女歌星丽达在半夜时分，突然从她所住酒店的客房阳台坠落到地上而死亡。警察赶到现场进行调查，发现屋内没有遗书，所以丽达之死不是自杀。根据进一步现场调查表明，丽达是酒醉以后，不知什么原因爬过阳台栏杆，由那里滚落下来摔死的。

据了解，丽达生前不但没有酗酒的习惯，甚至连酒都很少喝。既然如此，丽达很可能是被人推下来跌死的，但是酒店服务员清楚地记得，她的男友在事发前半小时即 11 点半离开酒店，以后并没有其他人再进过丽达的房间。

警察找到了丽达的男友，但他拒不承认自己杀了丽达，而是说因为他提出要与丽达分手，丽达想不通才跳楼自杀的。另外，他说丽达跳楼自杀的时间是半夜 12 点，而他是半夜 11 点半离开的，从时间可以证明不是他杀的。警方经过一番调查后，证明凶手就是丽达的男友。

请读者想想，凶手是怎样谋杀这位明星的？

抽丝剥茧

丽达事前被人强行用酒灌醉，再放在阳台栏杆上。当她酒醒时，身体肯定会动弹，并想从栏杆上爬起，结果不小心失足跌落下去。所以凶手就是她的男友。

两个女子

日本著名女画家A被发现死在自己的别墅中。她是被人刺死的，但凶手显然是个老练的杀手，在现场并没有留下凶器，也没留下指纹或任何其他痕迹。但是后来发现地上有些女子穿着袜子的脚印，开始时警察以为是女画家A留下的，经过鉴定才知道是别的女子留下的，并且这个女子就是凶手。

词语百宝箱

老练　鉴定

目击　徘徊

女画家A所住的是一座独立的花园式别墅，没有邻居，但过路人曾目击一个穿和服的日本女子和一个穿长裙的西方女子，在女画家A被刺杀期间分别在房子附近徘徊过。

这两个女子中谁有可能是凶手呢？警方人员根据现场调查，迅速确定了目标，很快就破了这个案子。

聪明的朋友，你觉得哪个女子更可疑呢？

抽丝剥茧

穿和服的日本女子疑点大，因为只要看看地上的脚印就知道了。日本人进屋时都习惯脱掉鞋子，只穿袜子，而西方人则没有这个习惯。

烟蒂断案

E 探长半夜去拜访他的老朋友——一位心理学博士，请教刚发生的一起案件。

“三天以前，在郊外某别墅内有一位漂亮的女子被杀害，根据推断，作案的时间可能是下午 1 点 30 分到 2 点之间，而……”

“对不起，探长，请给我一支烟。”博士接过香烟，深深地吸了一口。

探长又继续说：“现在发现两个人有嫌疑，一个是死者的男友，另一个是去推销商品的推销员。有人在别墅大门外见到过他们，但是他们都说是刚好从那里路过，未进过屋里。因为证据不足，无法确定谁是真凶。”

博士留心听着探长对案情的叙述，当他听到在别墅门口的台阶上找到一支只吸了一两口的烟蒂时，眼睛突然一亮：“这两个人都会抽烟吗？”博士打断了探长的话。

“都会抽烟，并且他们口袋里的香烟和现场发现的烟蒂都是同一个牌子，因此，不好确定谁是真凶。”

博士吸完最后一口烟，捏灭烟蒂，然后肯定地说：“凶手就是他！”

究竟博士说的凶手是谁，你能推断出来吗？

词语百宝箱

拜访 请教
漂亮 留心

抽丝剥茧

凶手就是那个来推销商品的推销员。因为推销员是不会衔着香烟进屋推销商品的，那是很不礼貌的，因此那支只抽了一两口就捏灭的香烟蒂，应该是推销员丢弃的。可能他在按响门铃之前点着香烟，等那位女子来开门时，他出于职业习惯，熄灭了香烟。至于为什么杀害那位女子，这还需要进一步调查。

消失的脚印

一个9月初的早晨，在日本某海滨浴场的沙滩上，发现了一名外国青年人的尸体。

词语百宝箱

海滨　平坦

广阔　足迹

他是被人用刀子刺入腹部后死亡的。那把刀子就掉在尸体旁边。距离死亡的时间大约已有四个小时。

但是，在那平坦而广阔的沙滩上，现场除了被害者的足迹外，再也没有另外的脚印了。而且，看起来也不像是凶手用扫帚将自己的足迹扫掉以后再逃走的，或是踩着被害者的脚印离开的。当然，更不可能是坐直升机逃走的。

那么，凶手到底是用什么方法，在将被害者杀死后，能不留下脚印而顺利逃离这一大片沙滩的呢？

抽丝剥茧

解决此案的关键是这个青年被杀的时间。四个小时前，正是海水涨潮的时候，海水一直拍打着凶杀现场。凶手趁被害者靠近水边时，将他杀死，然后乘船离开或游泳而去。因此，在退潮之后，沙滩上当然不会留下任何足迹。作案前，凶手也是使用同样方法到达作案现场的。

奇怪的电扇

一个夏天的晚上，香港某大公司董事长 D 在其书房中自杀身亡。D 的右手里握着一把手枪，头部流血，子弹就是从头部打进去的。

词语百宝箱

贮藏　脱落
强劲　醒悟

桌子上除了放着一台电扇之外，还有一封遗书。遗书的大致内容是说他因为事业失败，所以想自杀。

警官 A 觉得桌子上的电扇有些奇怪，经过询问，才知道昨天空调出了毛病，临时从贮藏室里搬来了电扇。电扇的插头从插座里脱落出来，显然是当死者 D 从椅子上倒下时将插头碰了下来。

警官 A 顺手把插头插了进去，电扇立刻转了起来，一股强劲的风吹到桌面上，警官 A 突然醒悟过来，立刻说："这不是自杀，而是他杀。凶手把董事长杀掉后，留下遗书走掉了。"

请问，警官 A 这么说的证据是什么呢？

抽丝剥茧

破绽是桌子上的那份遗书。

因为把插头插进插座时，电扇开始转动，桌子上的遗书立刻被风吹落。然而，死者被发现时，遗书却很端正地放在桌子上。这就是说，董事长被杀死后倒在地板上，插头碰落致使电扇停止后，凶手才把遗书放在桌子上的。

所以这是明显的他杀案件。

死尸疑案

明朝时，有个叫张杲卿的人任润州（今江苏省镇江市）知府，曾处理过一桩谋杀案。

一户人家，有夫妇两人。一天，男人外出，天黑了还没有回来，家中的女人忧心忡忡。第二天一早，女人就站在门口观望，望眼欲穿，男人还是没有回来。第三天，女人红肿着双眼，痴等丈夫归来，结果还是不见人影。

词语百宝箱

忧心忡忡　望眼欲穿

就这样又过了几天，忽然有人传报："你家菜园的水井里有一具尸体啊！"

女人听了，全身颤抖，匆匆跑到井边张望，果然隐隐约约见一具漂浮在水面上的男尸。女人看罢，便号啕大哭起来，一边哭，一边叫："我的亲人啊！"一边还将头往井栏圈上撞，想往井里跳。左邻右舍看到这情形，于心不忍，纷纷动手将她拦腰抱住。

当即，几个好心人劝住女人，一起去向官府报案。张杲卿听罢女人的哀号哭诉，好言安抚她说："你务必请节哀。你的男人到底是自杀，还是他杀，本官自会破案。"

邻舍说："他们夫妻十分恩爱，这个女人又向来贤惠、守本分，男人绝不会自杀的。"

女人听罢越发伤痛欲绝，竟悲伤得晕了过去。张杲卿令左右用冷水将她擦醒，又好言劝慰道："你要相信本官一定会替你做主，把案子弄个水落石出的。"说完，当即吩咐备轿上路，径直到案发现场去。

到了菜园，张杲卿叫女人和邻居们都围拢在井旁，他向下面细细端详。过了许久，张杲卿问道："尸体是不是这位女人的丈夫啊？"

女人大哭道："是啊是啊！大人一定要替奴家申冤呀！"

张杲卿说："你不必悲痛。请问大家，你们看井里的尸体是不是她丈夫啊？"

众人再看井里，复又面面相觑。有人说："水井这么深，实在难以辨认清楚。"

另一个人说："请大人让我们把尸体捞出来辨认吧。"

> **词语百宝箱**
>
> 面面相觑 噤若寒蝉

张杲卿笑道："现在先不必忙，当然以后还是要装棺入殓的。"说完，对女人大喝一声道："好个刁猾的妇人！你谋杀了亲夫，还装出悲恸的样子来蒙骗本官！"

在场的众人一听，如同晴天霹雳，一个个都愣了。唯独那女人又痛哭起来，边哭还边叫喊道："张大人，您可不要血口喷人呀！"

邻居也纷纷为她求情："大人，我们平时看她规规矩矩的，对丈夫体贴照顾，怎么会杀害自己的丈夫呢？"

张杲卿面对众人，不慌不忙地说出了自己的证据，众人一个个噤若寒蝉，不能作答。那女人顿时收住眼泪，面色变得惨白。

张杲卿吩咐差役将女人收押。经过审讯，果然是女人杀死了自己丈夫。

你知道张杲卿有什么证据吗？

抽丝剥茧

张杲卿发现这么深的水井，邻居们都无法辨认尸体，唯独这妇人认定是自己的丈夫，说明她早就知道得一清二楚。

河边命案

古时候，苏州有一个商人名叫贾斯，他经常外出做生意。这一天晚上，他雇了船夫的小船，约好第二天在城外寒山寺乘船出行。

词语百宝箱

生意　出行
日光　失踪

第二天，天还未亮，贾斯便带着很多银子离家去了寒山寺。当日光照在东窗上时，贾斯之妻听到有人急急敲门喊道："贾大嫂，贾大嫂，快开门！"贾妻开门后，来的船夫便问："大嫂，天不早了，贾老板怎么还不上船啊？"

贾妻顿感慌张，随船夫来到寒山寺河边，只见小船停在河上，贾斯却失踪了。

贾妻到县衙门去报案，县令听了她的诉说后，便断定杀害贾斯的是船夫。

这是为什么？请聪明的读者推理一下。

抽丝剥茧

船夫到贾家敲门时喊"贾大嫂开门"，这不合常理，船夫找的是贾斯，他当然应该喊贾斯来开门，这说明他已经知道贾斯不可能在家，因为正是他害死贾斯的。

第二章

劫盗疑云

精密谋划，步步为营，看似天衣无缝，实则掩耳盗铃。究竟是盗者技高一筹，还是警者火眼金睛，一个个精彩纷呈的盗窃疑案，展现精彩的警匪对决。

不翼而飞的手提包

故事发生在法国巴黎一家豪华的旅馆。

一大清早，经理就向警察局报案：旅客沙娜小姐的一个装有许多贵重首饰的手提包被偷了。

几分钟后，警长哈尔根赶来。他查看了一下现场后，就把沙娜小姐叫到跟前，询问案发的经过。

沙娜小姐是代表公司来参加一个国际博览会的，一下飞机就来到这家旅馆。她的手提包里装有许多精美的首饰，二楼的女招待员替她把手提包放在了床头柜上。

“小姐，你需要什么，请尽管吩咐。”女招待员十分殷勤地说。

沙娜小姐说：“我没有别的事，只是请您明天早上给我送一杯热牛奶来。”

睡觉前，沙娜小姐还把首饰清点了一遍，没发现损坏什么。

第二天一早，她醒来后便按电铃叫女招待员送牛奶来，自己去洗漱间。刷完牙，她在洗脸时，听见房门开了，以为是女招待员送牛奶来了，便没在意。

可是，当她冲洗脸上的香皂时，只听见外面“啊”的一声惨叫，接着是“扑通”一声。沙娜小姐急忙奔出去看，只见女招待员躺倒在房门口，已经失去了知觉，额上鲜血直流。她再往床头柜上一看，更是大吃一惊：手提包不翼而飞了！

词语百宝箱

精美 殷勤
不翼而飞

警长哈尔根听完沙娜小姐的叙述，又去看望已经醒过来的女招待员，请她把刚才的情况说一遍。

头部受了些伤的女招待员吃力地说："刚才，我按沙娜小姐的吩咐，端来了一杯热牛奶。可是我刚进房门，猛觉身后一阵风，没等我反应过来，就见身后窜出一个男人，他猛地朝我头上打了一拳，我一下子被打倒在地，昏昏沉沉中，好像看到他拿了一只手提包逃走了。"

警长问："那人长什么样？"

"我没看清。"

警长没问下去，走到床头柜前，端起那杯热牛奶说："沙娜小姐，您还没喝牛奶呢。"

"呀，对了，您不说我都忘了。"

女招待殷勤地说："凉了吧，小姐，我去替您热热。"

警长嘲讽地说："招待小姐，别再演戏了，快招出你的同伙吧！"

女招待的脸变得惨白，争辩说："警长先生，您这是什么意思？"

警长冷笑了一声，说出了自己发现的破绽。女招待员张口结舌，无法自圆其说了。在警长的一再追问下，女招待员只得招供出同伙，并交出了那只装满贵重首饰的手提包。

警长是怎么判断出女招待员在说谎的呢？

抽丝剥茧

女招待说，她刚打开房门，就有男人把她打倒在地，可是那杯牛奶却好好地放在床头柜上，所以女招待明显在说谎。

秘书的口供

波依德先生一向都是乘星期五上午 9 点 53 分的快车离开他工作的城市，然后，在两个小时后正好到达他郊外的住宅。可是有一个星期五，他突然改变了习惯，在没有通知任何人的情况下，坐上了那天夜里的火车。

回到家里已近午夜零点。他一走进家门，就听见他的秘书阿必特大喊着“救命”……好不容易，波依德先生在地下室的酒窖里找到了秘书阿必特。

波依德砸开门，将秘书放了出来。

“波依德先生，你总算回来了！”阿必特说道，“一群强盗抢了您的钱。我听见他们说要赶今天午夜零点的火车回纽约市去，现在还剩几分钟，怕来不及了！”

波依德一听钱被盗走，焦急万分，便请海尔丁探长来调查此事。

海尔丁找到阿必特，问：“可以把当时的情形再详细地说一遍吗？你是说几个强盗用枪抵着你，逼你打开保险箱的？”

“是的，”阿必特答道，“然后他们又逼我服下了一粒药片，大概安眠药之类的东西。我醒来时，正赶上波依德先生下班回来。”

海尔丁检查了酒窖。

那是个不大的地窖，四周无窗，门可以在外面锁上，里面只有一盏 40 瓦的灯泡，发出不太明亮的光，但足够照明用了。海尔丁在酒窖里找到了一块老式机械表，他问阿必特：

词语百宝箱

检查　明亮

"发生抢劫时，你戴着这块表吗？"

"呃，是，是的。"秘书回答。

"那么请你跟我们好好说说，你把钱藏在哪儿了？你和那些强盗是一伙的！"

词语百宝箱

争辩　原形

秘书脸色一白，大声争辩。可是在海尔丁的逼问下，终于现出原形，交代了同强盗一起偷钱的事实。

那么，海尔丁凭什么认为秘书是跟强盗一伙的呢？

抽丝剥茧

波依德总是在中午12点到家，阿必特若真失去了知觉，醒后就会以为是中午12点，不会催他去追赶搭午夜列车的盗匪了。

警官和歹徒

新上任的警官西蒙接到一个报案电话：尤拉大街上的新世界银行被五个歹徒劫走10万元美金！歹徒手里有一支六响手枪。

问明了歹徒的去向，西蒙骑上摩托车追赶歹徒去了。匆忙间，这位新任警官临走时竟把一支六响手枪遗忘在办公桌上。他的下属警察贝尼也得知了案情，见上司连枪也没带，马上召集几个警察，乘上警备车前去援助。

一阵枪声，把警察们引到一处荒无人烟的地方。只见五个歹徒被击毙了，新任警官西蒙捂着受伤的左臂，缓缓向他们跑来，贝尼在地上拾起西蒙从歹徒手里夺回的密码箱，搀着西蒙上了警车胜利返回。

在新世界银行举行的盛大宴会上，新任警官西蒙和贝尼等几个警察以及一些地方要员应邀出席宴会，大名鼎鼎的侦探伊里先生也被请来了。宴会上，银行行长频频举杯感谢西蒙，并请西蒙向大家介绍他的英雄事迹。

词语百宝箱

大名鼎鼎　风度翩翩

西蒙今日风度翩翩，春风得意："诸位！那天我骑摩托追去，一个望风的歹徒一发现我，就朝我连开两枪，打中了我的左臂。我带伤和那个歹徒搏斗，终于抢下他的那支六响手枪，然后一枪将他打死。这时另外四个歹徒向我扑来，连续向我射击。我连发四枪，打死了四名歹徒。就在这时，我的下属贝尼带着几个警察也来了。"

等他把事迹介绍完后，侦探伊里先生身后的两位警察却向西蒙亮出了逮捕证，嘉宾们大惊失色。

伊里先生告诉大家："西蒙和那帮歹徒是同伙！"

"你有什么证据？"西蒙双目喷火。

"我问你，你去追捕歹徒，为什么不带枪？"

"匆忙之中，我忘了！我刚上任，还不熟悉工作！"

"忘了？警官在执行任务时不带枪，这真是不可思议的事情。何况你面对的是五倍于你的凶恶强盗呢？唯一可能的解释是：你本来就是这伙匪徒中的一个秘密成员。你是在追赶你的同伙，因此你觉得带不带枪没关系。"

"胡说！我与歹徒搏斗左臂中弹，你瞧！"

"是的，你左臂的确受了伤。"

但是接下来，侦探伊里提出来的证据让西蒙再也无法狡辩，颓然地低下了头。"英雄"顷刻间变成了囚犯，被贝尼他们带走了。

你知道大侦探提出了什么证据吗？

抽丝剥茧

那支六响手枪除了向西蒙连开两枪外，还开了五枪打死五名歹徒。那么这支六响手枪打出了七颗子弹，这是不可能的。

清晰的脚印

私人侦探团五郎来到K岛的旅馆度假。不巧，今年因受异常寒流的袭击，气温骤然下降，早晚十分寒冷，甚至达到零度以下。就在一个寒冷的午后，来了一个电话：

词语百宝箱

寒冷　坐落

阴影　潮湿

“团先生，不得了了！求您赶快到我别墅来一趟！”慌里慌张打来电话的是画家中原千枝子，她事前就已知道团侦探住在当地的旅馆里。

“到底出了什么事？”

“有贼溜进我家了。这两天我外出旅行写生，刚才回到家里一看，屋里被翻得乱七八糟的。”

“有什么东西被盗了吗？”

“不是什么大不了的东西，服饰上的宝石全是仿制品，照相机也是便宜货……可我是个单身呀，如果连内衣都被盗走了，想起来心里就有些恐惧。”

“好吧，我马上就去。”

中原千枝子的别墅坐落在环湖半周的杂木林中。团侦探到达的时候，她正焦急地等在门口。

“这儿，留有罪犯的脚印。”她边说边将团侦探领到东侧的院子里。此时太阳已经偏西，院子被别墅的阴影遮住，地面非常潮湿，因此罪犯的脚印清晰可见。

这是一个鞋底为锯齿花纹的高腰胶鞋的脚印。罪犯就是从这里进来，打碎厨房的玻璃门溜进室内的。

“向警察报案了吗？”

“还没有。因为没有什么值钱的东西被盗，所以才……”

“照理还是应先向警察报告一声，如果是溜门撬锁的惯犯，警方档案中也许会有记录的。我同这儿的警察署长是老相识，我来同他说一声。”团侦探用画室里的电话向警方报了案，把以后的搜查就委托给了当地警察去办，然后便回旅馆去了。

就在当天晚上，警察署长给旅馆打来电话，告诉团侦探已找到了两名嫌疑犯。

“怎么？找到两个？”团侦探感到惊讶。

据署长说，一个叫黑木和也，昨天夜里 11 点钟，巡逻警察曾见他在现场附近徘徊。另一个叫小村明彦，今天上午 11 点 30 分前后，同样是在现场附近，附近别墅的管理员发现此人形迹可疑。

“这两个人被人看见时，都穿着高腰胶鞋吗？”团侦探问署长。

“不，具体的我还没有核实，但搜查过他们的住宅，并没有发现胶鞋。大概是怕被当作证据而处理掉了。”

“那么，黑木和也从今晨天不亮到中午过后这段时间有不在现场的证明吗？”

“黑木和也从深夜 1 点到中午过后这段时间确实有不在现场的证明。他在朋友家里打了一个通宵的麻将，早晨 8 点左右同朋友一块儿去上的班。”

“果真如此……”

“可是，团先生，在这以前有人看见他在现场附近出现过，所以他的不在现场证明是没有任何意义的。”

“可这两个人之中，哪个是真正的罪犯，就凭这些证据就足够了。昨天夜里是晴天，天气不是更冷吗？那么罪犯是……”团侦探果断地说出了罪犯的名字，使电话另一端的署长大吃一惊。

那么，团侦探指出的罪犯是黑木和也还是小村明彦呢？

抽丝剥茧

是小村明彦。如果罪犯是昨夜作案，鞋印会因为潮湿而变得不清楚，现场的鞋印清晰，说明凶手是在天亮后，也就是霜融化后作的案。

大盗巴特勒

古董收藏家史密斯的家里来了一个电话。

“是史密斯先生吗？”

“是我，您是哪一位？”

“我是大盗巴特勒。”

史密斯的脸痛苦地抽动着。

“又是恶作剧瞎打电话吧，要是没事我就挂电话了。”

“别，别挂，我不是恶作剧。跟您实话实说吧，我是看上了您珍藏的那个埃及王冠。”

史密斯的脸“唰”地变得苍白。这个埃及王冠是件稀世珍宝。王冠上面镶嵌着二十几颗五光十色的珠宝，有钻石、红宝石、绿宝石、蓝宝石。其中尤以王冠正面镶嵌的一颗大钻石最为珍贵。埃及王冠现收藏在史密斯书房的保险柜里。

词语百宝箱

苍白

稀世珍宝

镶嵌

保险柜是特制的，极其坚固。

“今天我就去取，你报告警察也无妨，恐怕他们也帮不上你什么忙。不过，你锁在保险柜里很不安全，连没了你都不知道。总之，你要多留神，回头见。”

电话挂上了，大惊失色的史密斯慌忙报了警。

十几分钟后，彼得队长率领十名警察赶到史密斯家。

“我是警察彼得，已在贵府里外布置了人员，请您放心。”

史密斯紧张的心稍稍放松了一点儿。

“埃及王冠是放在那个保险柜里吧？”彼得指着书房角落的保险柜说。

“是的，平时总是寄放在银行租用的保险柜里，因明晚有个朋友想来看看，这才从银行取了回来。噢，对了，趁你们在这里，还是确认一下保险柜为好。”史密斯还清楚地记着巴特勒说过的话，所以他要打开保险柜看一下埃及王冠是否还在。

“啊，太漂亮了！”警察彼得不由得叫出声来，史密斯从保险柜里取出的“埃及王冠”五光十色、光彩夺目。警察彼得做梦也没有想到，世界上竟有如此漂亮的东西。

事情就发生在这一瞬间。突然，房间里的灯灭了，四周变得一片漆黑，接着就听见窗外传来一声枪响。

屋内的人都不约而同地拥向窗边。彼得向窗外大喊了一声：“到底出了什么事？”

在窗外监视的警察慌里慌张地报告：“院子的角落里突然窜出一个可疑的身影，朝天开了一枪就跑掉了。”

“该不会是见戒备森严，一气之下就放了一枪吧。”警察彼得心想。

很快，电来了，屋里又亮了起来。看来是有人在屋外的电门上做了手脚。

就在这时，史密斯悲伤地惊叫起来：“哪去了？埃及王冠不见了！”

刚刚还在桌子上的王冠已不翼而飞了。

“真，真见鬼了！房间都上着锁，所有通道都有人把守……”

警察彼得对在场的五个人都进行了仔细的搜身，没有发现王冠。

那么，大盗巴特勒是如何从戒备森严的房间里盗走王冠的呢？

抽丝剥茧

巴勒特事先潜藏在房间的椅子里，其同伴则在外面断电和放枪，断电后众人都被枪声引到窗前，巴勒特趁机拿走王冠。

丢失的邮票

4 月上旬，巴黎集邮爱好者协会举办珍贵邮票展览，除了协会的会员外，一般人不得入内。负责看守展品的，也都是协会的会员。在陈列的展品中，有一些是价值连城的珍品。如果让外行人来参观或管理，就有丢失的可能。现在出入的人都是协会会员，集邮爱好者协会认为这样就能万无一失了。

不料还是出了事，有个负责看守展品的会员监守自盗，偷走了一张珍贵的邮票，协会主席只好向警方报案。

警长保罗带着人来侦破此案。他立即封锁整幢大楼，不让人进出。根据现场调查分析，住在三楼 308 号房间的佛朗西斯最可疑。

308 号房间里有一张桌子，一个床头柜，一张沙发和一个衣柜。桌上放着一台电风扇。瘦瘦的佛朗西斯一见警长保罗带着警察进来，马上殷勤地打开电风扇开关，同时把床头柜、衣柜的门都打开，表现出心底无私的样子。

词语百宝箱

价值连城

万无一失

保罗警长也不客气，把这个房间里的所有东西都翻了个遍，每一条缝隙都不放过，但是并没有找到那张邮票，保罗发现，自己在进行搜查时，佛朗西斯的表情有点紧张，站在那台飞速旋转的电风扇前还不停地擦汗。保罗故意问：“你很怕热吗？”佛朗西斯咧嘴一笑，点点头。

词语百宝箱

缝隙　旋转

这一来，保罗心中更有数了，他知道佛朗西斯把邮票藏在哪儿了。

请问，邮票藏在哪里？保罗警长是怎样知道的？

抽丝剥茧

才 4 月上旬，佛朗西斯就觉得热，那是因为心里紧张。佛朗西斯把偷来的邮票贴在风扇的叶片上，并打开风扇，使别人看不见邮票。

雨后彩虹

吴志雄在午餐时间去拜访警局的刘队长，刘队长请他吃了一大碗的猪排饭，因为他正是为此而来的。刘队长无奈地摇摇头，自从他们认识以来，就没见吴志雄的生活好转过。

“这几天都没有什么重大的案件发生。前几天，一位名字和我酷似的警员破获了一起枪杀案，媒体就大肆报道，真是不公平。我上次侦破的那件抢劫案，为什么就没有人来采访我呢？”吴志雄边舔着饭碗里的米粒边说道。

窗外忽然下起一阵雷雨，驱散了街上的行人。不一会儿，雨停风歇，晴空中出现了一道亮丽的彩虹！

词语百宝箱

驱散　晴空

亮丽

"哇，好漂亮的彩虹！"刘队长打开窗户，笑着说道。他所面对的正好是东西向的交通要道，彩虹一览无余地呈现在他的眼前。

"说到彩虹……我想起来，基隆有一家海鲜店，那儿的红鱼很不错……"吴志雄边用牙签剔牙边说着。

就在这时，路旁一家珠宝店忽然有几名歹徒闯入，抢了不少的金戒指和几十条金项链。

刘队长火速赶往现场，详细调查了歹徒的特征与外貌，下令全面追查刚刚逃走的歹徒。过了半天，抓回来三名嫌疑犯。

第一个嫌疑犯激动地说："什么抢劫？那是几点钟发生的事？5点30分？我正在南公园附近的小吃店吃面，下雨时我躲了一会儿。雨停了，才走没多远就被抓了。为什么？"

第二个嫌疑犯说："突然下起雷雨，我很怕闪电和打雷，所以去附近的咖啡屋避雨。等到雨停了，我走到教堂前忽然看到彩虹，就停下脚步观赏。因为看得太久，而且阳光又很刺眼，所以就离开了。但是却被警察抓来，真不知是为什么？"

第三个嫌疑犯也接着说："我和女朋友在书店买书，因为下雨，只好一直待在店里。出来之后，我们就分开各自回家了。什么？要找我女朋友？别开玩笑了，她只是我在书店认识的小女孩，连她叫什么名字我都不知道。什么彩虹？我没看见，反正什么事我都没做。"

吴志雄一会儿双臂交叉，一会儿抓抓头发，一点儿头绪也没有。刘队长此时沉默了一下，断定这三个人中有一个人在说谎。想一想，你知道是谁在说谎吗？

抽丝剥茧

强盗是第二个人，因为根据自然规律，彩虹的位置永远和太阳相反，所以看彩虹时绝对不会觉得阳光刺眼。

谁是强盗

深秋的一个午夜过后，刑警竹内在空无人迹的住宅区内巡逻。突然，一个男子从胡同里窜了出来，差一点和竹内撞个满怀。幸亏竹内躲闪得快，但那男子带的手提皮包碰到竹内的腰，掉在了地上。

那男子迅速拾起皮包，迅速跑掉了。因天黑，竹内没看清面孔，只记得是个戴着墨镜、留着大胡子的家伙。竹内刑警觉得可疑，想追上去询问，但那家伙跑得很快，一会儿就钻进150米以外的一幢楼房里去了。

紧接着，胡同里传来了慌乱的脚步声，又有一个男子跑了出来，见到竹内后忙气喘吁吁地问道："刚才那家伙，往哪儿跑了？"

"那边儿。"竹内刑警指示给他。

"喂，你稍等一下，我是警察，到底发生了什么事？"说着，竹内出示警察证件给他看。

"遇上警察可太好了，请马上给我抓住那个人。那家伙是抢劫出租车的强盗。他打了我的头部，抢走我的现金逃跑了。"说着出租车司机痛苦地用手捂着头后部。

于是，竹内和出租车司机一起朝罪犯钻进去的那幢楼房奔去。

那幢楼房的一楼是仓库，紧闭着卷帘门窗，楼两侧有楼

词语百宝箱

慌乱

气喘吁吁

梯，上了二楼并排有两个房间。罪犯一定躲藏在其中的一个房间里。

竹内和出租车司机看了看，第一个门牌上写着“山本正夫”。为慎重起见，竹内刑警在敲门之前向司机问道：“你见到罪犯的脸，能一下子就认出来吗？”

“不太有把握。他戴着墨镜，留着胡子，但他肯定有一个手提皮包，其他的就记不得了。没想到他会是强盗，上车时我没注意到……”

敲门后好一会儿门才开。一个青年露出头来，司机认真地看着那青年的脸，“下巴上没有胡子，好像不是这个人。”司机毫无信心地摇了摇头。

竹内出示了警察证件后，问道：“你是山本吧？今天晚上一直待在家里吗？”

“是的，三个小时前我就开始听立体声唱机了。”

“可是，一点儿声音也没听见啊。”

“我是戴着耳机听的。到底有什么事？”山本不耐烦地反问道。

“刚才有个抢劫犯逃进这座楼房，我们正在追寻他。”

“难道你认为我是那个强盗吗？这种想法真愚蠢！”

“并没有断定就是你。但为慎重起见，请让我们看看你的房间。”竹内刑警不容分说便进了房间，这是个套房。在八个铺席搭的房间里摆着一套音响，插着耳机。竹内把耳机拿起来听了听，耳机里正放着雄壮的交响曲，震得耳朵都疼。

“啊，就是这个手提皮包。”司机一眼看见了放在房间角落里的手提皮包，上去就打开皮包查看，里面塞满了脏衣服、易拉罐啤酒、方便面和书籍等。

“那是昨天我的一个朋友忘在这儿的。拿一罐喝吧！”山本说着便取出一罐啤酒拉开盖，啤酒沫一下子喷得他满脸都是，他不由得怪叫了一声，赶紧掏出手帕擦脸。司机笑着看着他，又发现立体音响上放着墨镜。

“你把这个戴上给我看看。”竹内拿起墨镜让山本戴上，司机在一旁认真地看着他。

“倒是很像，但他没有大胡子，还是不能肯定呀。”他很

词语百宝箱

不容分说
雄壮

遗憾地嘟囔着。

“你们可不要随便怀疑人呀，我从三个小时前就一直在听贝多芬的曲子。”山本生气地摘下墨镜，“要是你们怀疑我，倒不如去查查隔壁房间的那个人，那家伙更可疑。那个叫菊地的穷画家。”

竹内和司机于是离开，去了隔壁。敲门后等了一阵子，一个穿着睡衣的男子才睡眼惺忪地出来开了门。“哎，这个也没留胡子呀，真怪。”司机看着伸出来的那张脸，很失望。

“到底有什么事？深更半夜的……”菊地没好气地说。

竹内给他看过警察证件后，问道：“你是几点睡的觉？”

“现在几点钟了？”

“凌晨1点多。”

“那就是四个小时之前，究竟有什么事？”

“我们在找抢劫出租车的强盗。请让我们进房间里看看。”

“别开玩笑了，人家睡得好好的被你们吵起来，要找什么劫出租车的强盗，你们有搜查证吗？”

“要是这样，没办法，请和我们到警察署走一趟吧。”竹内故弄玄虚地说。

“那就随你们的便吧。”菊地很不情愿地把他俩让进屋里。

这也是个套房。房子里到处是画架、画布，连个下脚的地方都没有。司机见床下有个手提皮包，打开看了看，里面全是画具和几罐橘汁。

竹内还拉开壁橱的门查看过，没人藏着。菊地冷淡地瞧着他们在屋子里搜查。

“多亏了你们，我现在连一点儿睡意也没有了。”他说着，还打开一罐橘汁喝了起来。

竹内发现在厨房餐桌的盘子里剩有两片苹果，已经去了皮，核儿也已去掉，但苹果却没变色。

“这苹果是什么时候吃过的？”竹内问道。

“睡前。”

“那样的话，苹果不是会变色吗？实际上你一定是刚刚逃回来，为了掩饰，才赶紧削了个苹果的吧？”

“你们如此怀疑我，索性亲口尝尝。”菊地怄气地说。

为慎重起见，竹内拿起一片尝了尝，味道不错。

“走，我知道谁是抢劫犯了。”竹内刑警说得如此果断，倒让司机吃了一惊。

那么，抢劫出租车的强盗是山本还是菊地呢？有什么证据呢？

抽丝剥茧

是山本，如果山本说真话，啤酒一直平静地放在手提包里，打开时，不会喷出很多泡沫，只有经过激烈的震荡的啤酒才会有很多泡沫。而且按山本的耳机的音量，戴着耳机也不可能听见敲门声。

毛玻璃

在滑铁卢战役大败之后，拿破仑被流放到大西洋南部的圣赫勒拿岛，过着被软禁的生活，身边只有一个叫桑梯尼的仆人。

一天，他派桑梯尼去找岛上的罗埃长官，转达他希望有个医生的要求。到中午桑梯尼还没有回来，却从长官部来了一个青年军官，通知拿破仑说：“你的仆人因有盗窃的嫌疑，已经被逮捕了。”

拿破仑赶到长官部，罗埃向他讲了事情的经过：“桑梯尼来这里的时候，我正在处理岛民交来的金币，就叫秘书让他去左边房间等一等。后来，我将金币放在这张桌子的抽屉里，锁上后去了卫生间。由于我的疏忽，抽屉上的钥匙被遗忘在桌子上。过了两三分钟，我回来了，把放在桌子抽屉里的金币数了一遍，却少了 10 枚。在这段时间里，桑梯尼就在左边房间里等着，桌子上又有我忘带的抽屉钥匙，不是他偷的还有谁呢？因此，我就命令秘书把他抓了起来。”

词语百宝箱

疏忽　遗忘

“但是，你应该知道，左边的门是上了锁的，桑梯尼无论如何也进不来。”

“他一定是先走到走廊，再从正中的那扇门进来的。”

“你不是说只离开两三分钟吗？桑梯尼在隔壁根本不可能看到你把金币放在抽屉里，也不会知道你把抽屉的钥匙忘在桌子上。你离开的时间又那么短，他怎么可能偷走金币呢？”拿破仑反驳罗埃长官。

“他准是透过毛玻璃看到了一切。”

拿破仑没有说话，而是向房间左边的门走去，他将脸贴近毛玻璃往左边房间仔细地看去，只隐隐约约地看见一些靠近门的东西，稍远一点儿就看不清了。他又走到左右两扇门前，用手指摸摸门上的毛玻璃，发现这两块毛玻璃的质地完全一样，一面光滑，一面不光滑，只是左边房门上毛玻璃不光滑的面在长官室这一边，而右边房门上毛玻璃的光滑面在长官室这一边。右边房间是秘书室。拿破仑转过身来，指着门上的毛玻璃对罗埃说道：“你过来看一看，通过这块毛玻璃，桑梯尼不可能看到你所做的一切，应当受到怀疑的是你的秘书。”罗埃叫来秘书质问，金币果然是他偷的。

拿破仑推断的根据是什么呢？

抽丝剥茧

秘书利用毛玻璃的特性偷走了金币。毛玻璃不光滑的一面只要加点儿水就能使凹凸处变成平面，这样毛玻璃就变成了透明的玻璃，但光滑的一面是不可能做到的。

巧妙逃脱的窃贼

一个夏天的夜晚，濑户内海的A岛发生了一起盗窃未遂案。窃贼潜入渔业工会的大楼，正欲撬开保险柜时，报警装置响了，窃贼仓皇逃去。报警铃响是在夜里11点，等附近的人闻声赶来时，窃贼已经无影无踪了。

不久，经过侦查发现了重大嫌疑犯。此人名叫中村常夫，家住B岛，是造船厂的工人，从犯人落在现场的螺丝刀上验出了他的指纹。

“我不是犯人，犯人顺手拿走了我在造船厂使用的螺丝刀然后作的案。”中村常夫向前来调查的刑警强调自己无罪。

“那么，那天夜里11点左右，你在哪里？在做些什么？”

“那天是星期六，所以我一个人在B岛海边钓鱼。因钓不着鱼，太无聊，11点半左右我就去朋友家玩，喝酒一直喝到下半夜1点左右。要是不信，就去问我朋友好啦，他叫原田，住在B岛的海水浴场附近。”中村答道。

于是，刑警马上去询问原田，获取中村不在现场的证明，结果，原田与中村说的一样。“那天夜里的11点半左右，中村是喝了半打罐装啤酒回去的，我们一起喝到下半夜2点。”

B岛在作案现场A岛往西约5公里处。

“现在的证据只能证明你晚上11点半以后不在犯罪现场，但关键的11点半左右，你在哪里？你是不是乘汽艇逃离A岛的？哪怕是个小艇，有个十五六分钟到B岛也是不成问题的。”刑警再次询问中村说。

“如果乘汽艇，发动机的声音会惹人注意的。那天夜里有人听到发动机声音了吗?”中村反驳说。

经过调查，在作案前后，没人在现场附近的海上听到过汽艇的发动机声，就连深夜在A岛和B岛中间地带的海中垂钓的人也没听到发动机声。

词语百宝箱

无言以对

飞跃　巧妙

“那么是划舢板或小船逃走的吧?”

“哪里话,那天夜里潮水是由西向东流的。如果划小船离开A岛是逆水行驶，30分钟绝不会到达B岛。况且，那一带海水流速很急的。”

“那么就是用了游艇!”

“在渔业工会附近的海边有游艇吗?”

被中村这么一问，刑警无言以对。实际上，那天夜里，在渔业工会报警铃响的10分钟前，驻A岛的巡查人员在附近海边巡逻时，仔细检查过，没停泊过任何一只可疑的舢板或游艇。因此，中村常夫不在现场的证明姑且成立。

顺便说明一下，A岛最高的山丘也不过40米，所以即使用悬动式滑翔也是无法飞跃夜空到达B岛的。

然而，在当地警署有一名喜爱海上体育运动的年轻警察，当他想起案发当天夜里是阴天没有一点星光，而且有东风，风速每秒6米时，马上就揭穿了中村常夫巧妙的作案手段。

那么中村常夫是用什么手段，不到30分钟就从A岛逃到了B岛呢?

抽丝剥茧

他作案后，乘帆板从A岛逃到B岛，那天夜里刮东风，风速每秒6米，即使是逆水，帆板也可以借风力前进。当夜没有星光，无人看到他的作案过程。

火车劫案

拉丁美洲某博物馆运送一批珍贵古玩去另外一座城市展览，途中要经过一片经常有劫匪出没的大草原，因此这件事是在极端秘密的情况下进行的，只有为数不多的几个人知道运送的是什么。

但是火车最终还是被劫了。案发后，极有经验的警官 A 立即乘直升机赶到行驶中的列车上。

警官 A 第一个先到货车车厢找押运员 B 调查，B 是少数几个知情者之一。警官 A 敲了几下门，没有人应门，用力一转门把手，门开了，原来 B 正坐在椅子上。当他知道警官 A 敲过门，就十分抱歉地说："为了安全，这节车厢的门又厚又重，列车在行进中根本听不见敲门声。"

警官 A 请 B 介绍一下遭抢的情况，B 说："当列车高速经过草原的时候，我感到很紧张。正在这时，有人敲了四下门，我以为是列车员送水来，于是打开门。没想到进来三个蒙面大汉，他们还戴着手套，不由分说就把我绑在椅子上，并用手帕塞住了我的嘴……"

警官 A 似乎听得很漫不经心，他东张西望，看到地上有一个烟头，就打断了 B 的话："这个烟头是你扔的吗？"

"不，我不会抽烟……哦，我想起来了，这是一个挺胖的劫匪扔的。"

在 B 回答的时候，警官 A 始终注视着他的脸，发现 B 脸颊上有两道很浅的伤痕，便问："你脸上的伤痕是被劫匪

词语百宝箱

珍贵　抱歉
漫不经心
东张西望

打的吗？”

“不是，是一个劫匪绑我时，被他手上的戒指划破的。”B答道。

警官A点点头问道：“你还有什么别的情况要讲吗？”

B摇摇头。

警官A却说：“你编故事的本领太差了，到处都是矛盾，你被捕了。”

你听出B说的话中都有哪些矛盾吗？

抽丝剥茧

押运员的话主要有三处自相矛盾：一是门很厚，列车疾驰时声音很大，警官A敲门B听不到，却能清清楚楚听到劫匪敲四下门；二是劫匪戴着手套，不可能用戒指划破B的脸；三是劫匪既然都蒙着脸，根本不可能抽烟。

碎玻璃

某体育明星家里被盗，A 警官很快赶到了现场。

房间的地上到处都是玻璃碎片，柜子的玻璃门被窃贼打得粉碎，撒在地板上。

“你丢失了什么东西？”A 警官问。

“一个国际比赛获得的金杯。但不知道为什么，小偷把玻璃打碎撒了满地。”

A 警官蹲下去察看是否有什么蛛丝马迹，结果没有任何发现。

这时巡逻警察抓到三个可疑的人，带给 A 警官。

当 A 警官发现其中一人近视得很厉害，脸上有戴眼镜的痕迹，但却没戴眼镜时，突然明白地上为什么到处都是玻璃碎片了。

究竟为什么呢？

词语百宝箱

粉碎　丢失

蛛丝马迹

可疑

抽丝剥茧

小偷在偷东西时，不小心碰碎了自己的眼镜片，为了消灭证据，他把书柜的玻璃门打碎，用来隐藏他的眼镜片。

狄龙的谎言

美国艾达维尔城有个名叫勒鲁瓦·布朗的少年，他父亲是这个城里的警察局局长。小布朗从小聪慧过人，受父亲的影响，他对破案有着特殊的兴趣。艾达维尔城是个规模不大的城市，但经常有犯罪案件发生，不过有了办事认真的警察局长，这里的罪犯很少能逃脱法网。使人惊奇的是，布朗局长经常得到他儿子勒鲁瓦的帮助，所以人们称勒鲁瓦为小侦探。

一天晚上，全家正在吃晚饭的时候，布朗局长对儿子勒鲁瓦说："在逃犯纳蒂又作案了，他抢劫了狄龙和琼斯合股开设的西服店。"

关于在逃犯纳蒂的情况，小侦探勒鲁瓦是知道一些的。他自打从监狱逃出后，一个月内作了五次案，不过都是在农村和公路上作的案，想不到这次竟在城里作起案来。勒鲁瓦因为有疑问，所以问道："爸爸，你怎么知道那抢劫西服店的强盗就是纳蒂呢？"

父亲说："那是西服店的合伙老板之一狄龙提供的情况。"说着，他拿出了一个笔记本念着狄龙原话的笔录："当时店里只有我一个人，突然有个男人闯进来喝道：'举起手来！'我吃了一惊，急忙抬头一看，站在我面前的正是在逃犯纳蒂。他身穿灰大衣，后面束着皮带，和报纸上登载的完全一样。纳蒂命令我脸朝墙壁，在他的威胁之下，我只好听从他的话。等我回过头来时，他已经溜掉了，店里的钱财被他抢劫一空。"

> **词语百宝箱**
>
> 聪慧　惊奇
>
> 抢劫一空

小侦探勒鲁瓦听完了笔录，问道："爸爸，报上登载过纳蒂的照片吗？"

“登过，不过相貌模糊不清，主要的特征就是灰大衣和背后束着皮带，这是人所共知的。”

勒鲁瓦说：“这个案件很容易解决。”

布朗局长惊讶地问：“现在连纳蒂的踪影都无从了解，怎么就可以破案了呢？”

勒鲁瓦说：“我是说狄龙的西服店根本没来过什么强盗。”

“噢——”布朗局长经儿子提醒，似乎也在思索这个问题，“那你认为是狄龙在撒谎了？对此，你怎么断定的呢？”

案件查清后，证实了小侦探的推测，原来狄龙想吞占店里的公款，又不想让他的合伙人知道，所以把自己的罪过推卸到强盗身上。因为在逃犯纳蒂一个月里作了五次案，狄龙认为他最适合做自己的替罪羊。

你知道勒鲁瓦是怎么断定的吗？

抽丝剥茧

按狄龙介绍，强盗进门时，开始面对强盗，后来又面对墙，那么根本看不到强盗背后束着皮带，所以狄龙在撒谎。

闹钟

某日午夜 12 时，一幢公寓大楼里发生了一起盗窃案。窃贼趁 507 室主人去旅游，将室内现金及贵重物品全部偷走。窃贼在由一楼窗户跳出时惊醒了大楼管理员，管理员立即报警，警察连夜赶到现场。

住在 506 室的艾特嫌疑最大，他是个单身男子，一贯不务正业。警察到 506 室敲门，无人应门，看来艾特没在家。

直至早晨 8 时，艾特才由外面回家，他穿着一套整齐的钓鱼服装，手里拿着钓鱼用具。见到警察来访，艾特显得并不惊慌。

“对不起，艾特先生，昨天晚上 12 点你在哪里？”警察问。

“昨天晚上？”艾特说，“我昨天早晨 7 时就出去钓鱼，一直到现在刚回来。”

就在这时，桌子上的老式闹钟突然“铃——铃——”地响起来。艾特立刻吓得面如死灰，警察也面色一沉，说：“没错，是你作的案。”

警察是怎样知道艾特在说谎呢？

词语百宝箱

惊醒　嫌疑
整齐　来访

抽丝剥茧

警察听到闹钟一响立刻知道艾特是在撒谎，连艾特自己也知道事情已经败露。因为老式闹钟只能在 12 小时之内定时，如果艾特是昨天早晨出去的，那么闹钟绝不可能在今天早晨响，所以他肯定是昨天晚上还待在家里，并且给闹钟定过时。这就戳穿了他去钓鱼的谎言。

救护车

下班时间到了，侦探雷姆往家走，从容地漫步在詹金森大街的人行道上。

突然，一个女人的喊声从背后传来："轿车撞人啦！快截住那辆车呀！"雷姆快步走向出事地点，只见一个男子躺在马路上，头部在流着血。那个呼叫的女人正站在马路当中，怒气冲冲地跟一辆救护车司机吵嘴，她要求那辆救护车立即把她受伤的丈夫送到医院。那辆救护车是在飞驰中被女人拦下的。

词语百宝箱

愤愤不平
艰难

司机说："别挡道，太太，我们要去接一个急病患者！"

那女人说 ："不行！快把他送进医院，你们看到了吗，他被车撞了，伤势不轻！"司机仍不肯，围观的人对司机的态度愤愤不平，帮那个女人说话。司机无可奈何，向车上两个穿白大褂的大夫点了点头。两个穿白大褂的大夫下了车打开救护车后门，取出担架，打算把被撞的那个男人放上去。正在这时，两辆警车开来，不得不在救护车的后面停下来。

"喂，快把救护车开到边上去！"警长从车里出来喝道。

"警长先生，不是我们要挡路，我们本来在行驶，是这位太太拦住了我们……"司机诉说了一通。

"少啰嗦！我们还得去追捕坏人！"警长认为，开车撞人的司机是坏人，不然，为什么惊慌失措地把人撞伤？这该死的救护车挡在路上，真不是时候。他正要发脾气，忽然发现侦探雷姆挤在人群里正艰难地向他走来。

"您好，雷姆先生！"警长恭敬地走上前，把手伸过去。

雷姆和他握手："您好，警长先生！出了什么事，劳您在下班时间还在大街上奔波?

"是这样的：10分钟前，大世界银行被抢。出纳员吓坏了，我们问她，她居然说不出罪犯到底有几个，只记得他们脸戴面具，身穿黑色披风。我想，抢劫犯也许坐在那辆撞人的车上。请问，您看到了吗?"

侦探摇摇头说："没看到。"

这时，那两个白大褂用皮带把伤员绑好，轻轻地把担架推进救护车里。就在他们准备关上门时，雷姆看见了伤员的头，伤口还在往外渗血，因为伤员头朝外脚朝里躺着。雷姆急忙和警长嘀咕了几句，警长立即命令警察把那辆救护车扣押起来，并且逮捕了司机和两个白大褂。警长不容辩解地说："你们就是银行抢劫犯！"

"有什么证据？凭什么血口喷人！"白大褂大声嚷道。

"警长先生，我们还得抢救心脏病病人呢！"司机大叫。

"别演戏啦！瞧！"雷姆冷笑一声。

警察从救护车里搜出了整扎的钞票，2件黑披风和3支手枪。

请你说说，雷姆先生为什么知道救护车上的司机和两个白大褂就是抢劫犯呢?

抽丝剥茧

冒牌大夫露了馅。他们把伤员放上救护车，是脚朝里，头朝外放进去的，这就犯了常识性的错误，抬伤员应该是头朝里，脚朝外的。

窃银案

明朝嘉靖年间，有位名叫宋清的人被众人称为“铁判官”。因为他在河北任知县时，曾巧断过不少案子。

这天，宋清正在县衙审阅案件卷宗，忽然外面有个叫王讳的男子慌慌张张地奔进来大喊冤枉，说他刚才摆渡过河的时候，艄公趁机敲诈，抢走了他50两银子。

宋清问道：“你是做什么的？”

“回禀老爷，小人以贩卖蜜饯为生。”

“那我问问你，你的银子原来都是在哪里放着的？”

“实不相瞒，就在小人的包袱里放着。”说完，王讳自己打开包袱，只见里面果然有几盒蜜饯。

宋清当即命令手下随王讳前往渡口捉拿艄公。不一会儿，两个衙役就带进来一个渔民装扮的大汉，向宋清禀报道：“老爷，强盗已经抓获，这是刚才从强盗身上搜出来的赃银。”

宋知县打开包一看，果然有50两银子。渔民打扮的大汉“扑通”跪倒在地，满脸委屈地说：“老爷明鉴，小人实在是冤枉啊！”

宋清猛地一拍桌案：“不准乱嚷！本官问你，你是做什么的？”“回老爷，小人以打鱼摆渡为生。”

“那你这银两是哪儿来的？”

“这可是我两年多的积蓄啊！”大汉一脸苦状地说。

宋清听完情况，思考了片刻，便命衙役将银子放到院子里。

过了一会儿，他养的一只小黄猫便来到银两前东闻西嗅。看到这个情景，宋清又命令手下把银子取回来，对打鱼的艄公说：“你身上的这些银两，可有人知道？”

艄公想了半天说道：“回老爷，昨天，我在芦花酒店喝酒，跟那里一位挺熟的小二说起过。”

宋清派人把店小二也带来了。

宋清把王讳叫上堂，指着他问店小二：“这个人你可认识？”店小二仔细地打量了一会儿，道：“回禀老爷，此人虽不认识，但记得他昨日在我店中喝过酒。对了，昨日傍晚他与这位打鱼的兄弟一前一后进的店。”

宋清心里有了答案，他点点头，一拍惊堂木，厉声道：“大胆王讳！你竟敢诬陷好人，还不从实招来！”

你知道宋知县是如何看出破绽的吗？

抽丝剥茧

王讳说他的银子是和蜜饯放在一块的，但银子在院子里放了那么一会儿，如果真是王讳的，那么银子上肯定爬满喜爱甜味的蚂蚁。可上面连一只蚂蚁也没有，反倒是猫在银子上嗅来嗅去。这说明银子上有鱼腥味，那银子肯定就是打鱼艄公的。

抽屉的秘密

黄先生下课时收上来 500 元学费，因为会计没在，他把这笔钱放在办公桌的第三个抽屉里，而且锁好了抽屉，想第二天将这笔钱交给会计。

第二天早晨，黄先生一到学校就准备把钱拿出来，他打开了抽屉，发觉抽屉里已空空如也，放在里面的钱竟不翼而飞了。

黄先生感到非常奇怪，因为抽屉的钥匙一直在他身上，而且抽屉绝没有被撬的痕迹，钱怎么会丢了呢？

学校保卫干事到现场调查，他坐在书桌旁，思考着窃贼是怎样将钱偷走的，过了几分钟，他突然想明白钱是怎样被人偷的了。

抽丝剥茧

偷钱者是将第二个抽屉拉开，伸手从第三个抽屉内把钱偷走的。黄先生抽屉的锁安得很不合理。因为上下是相通的，虽然第三个抽屉上安了锁，但第二个抽屉没有安锁，第三个抽屉里放什么东西都很容易被偷走。

花瓣上的珍珠

一天中午刚过，私人侦探萨姆逊应推理小说作家霍尔曼的邀请，来到阿姆斯特丹郊外的一所住宅。令人吃惊的是，霍尔曼正在送停在门前的一辆要发动的警察巡逻车。

“先生，到底出了什么事儿？”

“喂，萨姆逊先生，你来晚了一步。刑警勘查完现场刚走。本想让你这位名侦探也一同来勘查一下的。”

“勘查什么现场？”

“进贼了。详细情况请进来谈吧。”

霍尔曼把萨姆逊侦探让进客厅后，马上介绍了事情的经过。

“昨天早晨，一个亲戚家发生了不幸，我和妻子便一道出门了。今天下午，我自己先回家，一进门发现屋里乱七八糟的。肯定家里没人时进贼了，是从那个窗户进来的。”霍尔曼指着面向院子的窗户，只见那扇窗户的玻璃被玻璃刀割开一个圆圆的洞，罪犯是把手伸进来拔开插销进来的。

“那么，什么东西被盗了？”

“没有什么贵重物品，只是照相机及妻子的宝石之类的东西。除珍珠项链外都是些仿造品。哈哈哈……”

“现场勘查中，刑警们发现了什么有力的证据没有？”

“没有，空手而归。罪犯连一个指纹也没留下，一定是个老手干的。要说证据，就是珍珠项链上的珍珠有五六颗丢在了院子里。”

“是被盗的那个珍珠项链上的珍珠吗？”

“是的。那条项链的线本来是断的。可能是罪犯盗走时装进了衣服口袋里，而口袋有洞漏出来的吧。”

霍尔曼领着萨姆逊来到正值夕阳照晒的院子里。院子的花坛里正开着红、白、黄等各种颜色的郁金香。

“喂！先生，这花中间也落了一颗珍珠哩。”萨姆逊发现一株黄色花的花瓣中间有一颗白色珍珠。

“哪个，哪个……”霍尔曼也凑过来看那个花朵。

“看来这是勘查人员的遗漏啊。”

“你知道这花是什么时候开的吗？”

“大概是前天。黄色郁金香总是最先开花，我记得很清楚。”霍尔曼答着，并小心翼翼地从花瓣中间轻轻地把珍珠取出。

这天晚上，两人正吃着饭时，刑警来了电话，并且把搜查情况通报给霍尔曼，说是已经抓到了两名嫌疑犯，目前正在审讯。

两个嫌疑犯中一个是叫汉斯的青年。昨天中午过后，附近的孩子们看见他从霍尔曼家的院子里出来。另一个是叫法尔克的男子。他昨天夜里 10 点钟左右偷偷地去窥视了现场，被偶然路过的巡逻警察发现。

“这两个人中肯定有一个是罪犯。但作案时间是白天还是夜里，还没有拿到可靠的证据。但是有目击者证明两个人曾出现在现场，所以，肯定是他们中的一个溜进去作案的。”刑警在电话里说。

萨姆逊从霍尔曼那儿听了这番话以后，便果断地说：“若果真如此，答案就简单喽！罪犯就是 ××× 了。先生，如果怀疑我说的不对，请来看看花坛中的郁金香吧。”感到吃惊的霍尔曼立即拿起手电筒半信半疑地来到院子里查看。

因院子里的长明灯灯泡坏了，所以，花坛那儿很黑。霍尔曼查看后，返回屋里笑眯眯地说："的确，你的推理是对的，真不愧是名侦探啊。我马上告诉那位刑警，听说他喜欢读我写的书，这样也好保全我这个推理作家的面子嘛！"

那么，请问，你认为萨姆逊所认定的罪犯是哪一个？

抽丝剥茧

罪犯是昨天中午在现场徘徊的汉斯，掉在郁金香花瓣里的珍珠就是证据。因为开花不久的郁金香，一到晚上天黑后花瓣就会合上。所以，被盗的珍珠能掉在花瓣里，这就说明作案时间是白天。但是要注意，将要凋萎的花，即使到了晚上花瓣也合不上。

偷邮票的人

有兄弟三人，他们共同的爱好是收藏珍品。老大喜欢收藏古玩，老二喜欢收藏邮票，老三喜欢收藏书籍。他们家有一个很大的玻璃柜，大家都把珍品放在柜中共同欣赏。这个柜的钥匙放在一只很精致的小铁箱中，小铁箱藏在一个十分秘密的地方。

有一天，老二带了一个朋友回家，准备让他欣赏自己最近收藏的一张稀有邮票。

老二当着朋友的面，从铁箱中取出钥匙打开柜子，拿出邮票给朋友欣赏。这位朋友也是收藏家，他对这张邮票爱不释手，央求老二高价转让给他，老二坚决不同意，朋友只得作罢。于是老二又小心翼翼地把邮票放回柜中锁好。

词语百宝箱

收藏　精致
稀有
爱不释手

第二天，老二又想取出那枚邮票欣赏一番，但他吃惊地发现邮票已经不翼而飞了，而柜子依然锁得很好。于是他立即报警，警方在现场找不到一丝线索，因为凡是应该留下指纹的地方，包括钥匙上面，都被抹得干干净净。但正因为如此，警方推断出邮票是老二的那位朋友偷去的。

你知道警方为什么这样推断吗？

抽丝剥茧

知道钥匙在什么地方的只有老大、老二、老三和老二那位朋友，而老大、老二和老三用过钥匙都不必抹去指纹，因为他们平时在上面已留有指纹，只有老二那位朋友唯恐留下指纹，所以才会抹去。

假设自己是窃贼

星期六晚上，一家乐器商店被盗。盗贼是砸碎了商店一扇门上的玻璃窗后钻进店内的。他撬开三个钱箱，盗走1225克朗，又从陈列橱窗里拿走了一只价值1.4万克朗的喇叭，放在普通喇叭盒里逃走了。

警方对现场进行了仔细堪查，断定此窃案是对乐器商店非常熟悉的人干的。警方怀疑汉森、莱格和海德里，这三个少年学徒中肯定有一个是罪犯。

三个少年被带到警官索伦森先生面前，桌子上放着三支笔和三张纸。索伦森对他们说："我请你们来，是想请你们和我合作，帮我查出罪犯。现在请你们写一篇短文，你们先假设自己是窃贼，然后设法破门进入商店，偷些什么东西，采取什么措施来掩盖罪迹。好，开始吧，30分钟后我收卷。"

半小时后，索伦森让他们停笔，并朗读自己的短文。

汉森极不情愿地读着："星期六早晨，我对乐器店进行了仔细观察，发觉后院是最理想的下手地方。到了晚上，我打碎了一扇门的玻璃窗，爬了进去。我先找钱，然后从橱窗里拿了一个很值钱的喇叭，轻手轻脚地溜出了商店。"

轮到莱格说了："我先用金钢刀在橱窗上剖了个大洞，这样别人就不会想到是我干的。我也不会去撬三个钱箱，因为这会发出响声。我会去拿喇叭，把它装进盒子里，藏在大

词语百宝箱

假设　掩盖
理想

衣下面，这样就不会引起人们的注意。”

最后是海德里：“深夜，我在暗处撬开商店的门，戴着手套偷抽斗里的钱，偷橱窗里的喇叭。我要用这钱买一副有毛衬里的真皮手套，等人们忘记这桩盗窃案后，我再出售这只珍贵的喇叭。”

索伦森听完，指着其中一个说：“小家伙，告诉我，你为什么要干这种坏事？”那个少年惊恐万分。

这个少年是谁？索伦森凭什么识破了他？

抽丝剥茧

少年就是莱格。他暴露出喇叭是藏在盒子里偷走的，而且还知道店里有三个钱箱被撬。此外，他在短文里描述的所有行动几乎都跟实际发生的事实相反。

古董商的狗

某国有个古董商，这天晚上他接待了一位新结识的朋友。新朋友名叫史密斯，是个古董鉴赏家。

寒暄了一阵后，古董商很得意地把新近得到的几件高价古玩给史密斯看。史密斯看后称赞不已。看完后，古董商把古玩放回一间小房间，加了锁，并让一只大狼狗守在门口。

这天晚上，史密斯住在古董商家。

半夜，史密斯偷了那几件古玩，被古董商发觉，两人打了起来。谁知，那条大狼狗不去咬贼，反而把主人——古董商给咬伤了，史密斯乘机带着古玩逃跑了。

古董商忍着伤痛，连忙打电话到警察局报了案。

过了一会儿，一位警长和两名警察来到了古董商的家里。财产保险公司也派人来了。如果确实是失盗，保险公司将按照规定，给支付过财产保险金的古董商赔一笔钱。

根据现场来看。确实如古董商所说，他的高价古玩被抢了。

但问题是，他怎么会被自己的大狼狗咬伤了呢？连古董商自己也无法解释清楚。

保险公司的人说：“这是不合情理的事，训练有素的狼狗是不会不咬小偷而咬主人的。此案令人难以置信，本公司不能赔款。”

词语百宝箱

接待　寒暄
称赞不已

警长注视着那件被撕得粉碎的睡衣，又见那狼狗还围着睡衣团团转，眼睛顿时发亮。他问古董商:“古董商先生,请你仔细看看,这件睡衣究竟是不是您的？”

古董商捡起那件破睡衣，仔细看了一会儿，忽然叫道：“啊！不！这件睡衣不是我的。我的那件睡衣在两袖上还绣着两朵小花，是我小女儿绣着玩儿的。”

警长突然说：“啊，我明白了，我丝毫不怀疑这个案件的真实性，古董商先生的古玩确实是被盗了。”

后来，那位“古董鉴赏家”史密斯终于被捕归案，原来他是个专门盗卖古董的老贼。

你知道警长是怎么推理的吗？

抽丝剥茧

他们两人在暗中搏斗，大狼狗只能凭睡衣上的气味咬人，而睡衣是史密斯事先给古董商调换过的，于是就发生了狗咬主人的怪事。

盗窃黄金假面的真凶

美国总统罗斯福曾当过私人侦探。冬天的一个夜晚，罗斯福接到考古学博士卡恩打来的电话："罗斯福先生，不好了，古代玛雅文明的黄金假面被盗了。已派秘书去接你，请速来研究所。"

两小时后，一位秘书驾车来到罗斯福家，罗斯福立即上了汽车。年轻的秘书一边开车，一边向罗斯福讲述：被盗的黄金假面，是从墨西哥的尤卡坦半岛的古代玛雅金字塔里发掘出来的，现为亿万富翁A氏所有，卡恩博士是为了研究才将它借来的。

汽车在路上足足用了一个半小时才到达卡恩博士的研究所，时间已是深夜11点。秘书请罗斯福在客厅稍事休息，并说："博士在二楼研究室，我这就去请他。"说完，就上楼去了。罗斯福刚要坐下，就听到楼上传来惊叫声："哎呀，不得了啦！博士自杀了！"

罗斯福大吃一惊，飞快地奔上二楼，只见天花板下的铁管上拴着一根绳子，博士的头颈套在里面，用来垫脚的椅子倒在脚下。室内除了写字台、书橱等研究用具外，还有一张铺着电热毯的简易木床，再无其他陈设。

"他大概是感到黄金假面被盗，责任重大，才自杀的吧？"秘书说道，脸色吓得苍白。

罗斯福摸了摸死者的面颊和手，说道："嗯，尸体还温热。"他感到奇怪：室内相当冷，怎么死者的体温与生前几乎完全一样呢？

词语百宝箱

文明　发掘
陈设

“可能就在我们回来之前自杀的。”

“嗯，这样的体温，表明人死后还没超过一小时。”

罗斯福想，死者可能会留下遗嘱。他连忙把博士的工作服口袋检查了一下，发现仅有半块没吃完的用锡纸包着的巧克力，但已经融化了。他拿着巧克力思忖着，顿时起了疑团。罗斯福忽然指着秘书说：“哼！原来杀人犯就是你！你在开车来接我之前，先将博士杀死，然后再伪装成博士上吊自杀。由此看来，盗窃黄金假面的也是你。”

罗斯福是怎么知道秘书就是凶手的？秘书又是如何杀害博士的呢？

抽丝剥茧

秘书杀死博士，并造成博士自杀的假象，然后就用电热毯将吊着的尸体紧紧裹着，一切弄妥之后才去接罗斯福。三小时后，秘书与罗斯福一起回到研究所。他先让侦探在会客室等候，自己走上二楼，迅速把电热毯取下。这样即使死去了三个小时，尸体也不会变凉。但是由于放在口袋里的巧克力也随着身体一起变暖而融化，罗斯福因此识破了秘书的诡计。

被盗窃的私人侦探

艾诺先生是一名私人侦探，他独自经营着一家小小的事务所，生意十分兴隆。这天，事务所里走进一位戴着墨镜的男子。艾诺问："您贵姓？有何贵干？"

来人板着面孔说："由于某种原因，我的身份不便公开，有点小事想请你办一下。听说你是一位出类拔萃的大侦探……"

"哪里，称不上什么出类拔萃……不过，我从来没辜负过委托人的期望，倒也是事实。"

说着，艾诺请那位男子落座。那人坐下后，开口说道："我是想请你对一个人进行跟踪，严密监视她的一举一动，而且千万不能让她察觉。"

"那很容易！跟踪这件事儿，我干过不止一两回了，哪一回也没出过岔子。您就交给我吧！不过，您重点调查些什么呢？"

"你只要监视她的一举一动，然后向我如实汇报。只监视一个星期就行！到时，我将来你这儿取报告。"

"我既不知道您的姓名，又不了解您的身份，报酬该怎么办呢？"

"这些钱先供你做活动经费，不足的部分以及酬金，等事情办完以后再一并支付吧！怎么样，无须我公开身份，你也会同意的吧？"

说着，那男人掏出厚厚一叠纸币。这笔钱远远超过一周工作所得的报酬，艾诺自然不好再说什么，于是盯着纸币，说："好吧，愿意为你效劳。那么，跟踪的对象又是谁呢？"

听他这么发问，那男人又取出一张照片，放在那叠纸币上。这是一张少女的照片。

词语百宝箱

蹊跷

满面春风

第二天，艾诺立即开始了跟踪行动。他在那少女家的附近暗中监视，没过多久，就看到照片上的那个少女从家中出来。不过，看上去她家并不是十分豪华，少女本人也不算是美女。为什么那人要不惜花费重金，对她进行跟踪呢？艾诺感到这事有点蹊跷。

少女并未察觉到被人跟踪。她嘴里哼着小曲，满面春风地走着。艾诺悄悄地尾随其后，不久，就来到火车站。

少女买了一张车票，登上列车，看样子她是个喜欢游乐的人。跟踪这种人，真可谓轻而易举。不过跟得太近了，容易被发现；太远了，则又容易被甩掉。幸好这一带是商业区，艾诺才得以巧妙地隐蔽跟踪，并及时进行记录。少女来到山上一家小旅店住了下来，她一天到晚总是出去写生，从不和任何人交往。艾诺躲在远处，用望远镜监视着她，而她始终只是画画写写而已。三四天过去了，报告书仍是白纸一张，因为根本没有发现少女的行动有丝毫可疑之处。她既不像外国间谍的爪牙，也不像是寻找矿源的勘探者，为什么要监视、跟踪她呢？

一周就这样过去了，约定的跟踪期限也已经到了，然而那个少女仍然没有什么异常的举动。

虽说跟踪就要结束了，艾诺还是按捺不住自己的好奇心。他若无其事地走到少女身旁，搭讪着说："您这次旅行好像很悠闲呀！"

少女不动声色地答道："是呀，多亏一位好心人的帮助，我才得以享受旅游的乐趣！"

"什么？好心人？你在说什么呀？你原来没有想过到这儿旅行吗？"

"是啊，我现在还是一个学生，本来没钱尽兴地旅游。不过，有一天，我在茶馆里碰见了一位男子，这次旅行费用全靠他……他对我说：'你在这儿度假可不怎么样，我供给你旅费，你选择自己喜欢的地方去走走吧！'"

"他是怎样的一个人？"

"他没有告诉我姓名和身份。若说特征嘛，只记得他戴一副墨镜。正因为这样，才没看清他的相貌。嗯，对了，他还跟我说想要我的一张照片，当时我觉得没法拒绝，就给了他。说不定是用来做广告模特儿什么的，所以才肯给他……"

"戴墨镜？"艾诺若有所思，"莫非他与我的那位主顾是同一个人？不过，即使如此，仍然令人费解。"艾诺带着满腹狐疑，回到离开了一周的事务所。

"啊！"回到事务所的艾诺不禁掩面长叹一声。

只见室内是一片狼藉，保险柜也被偷盗一空了。

你知道那个戴墨镜男人的作案手法吗？

抽丝剥茧

戴墨镜的男子使了一个小小的诡计，让艾诺去跟踪那个少女一个星期。这样，他就有时间，可以不慌不忙地入室作案。

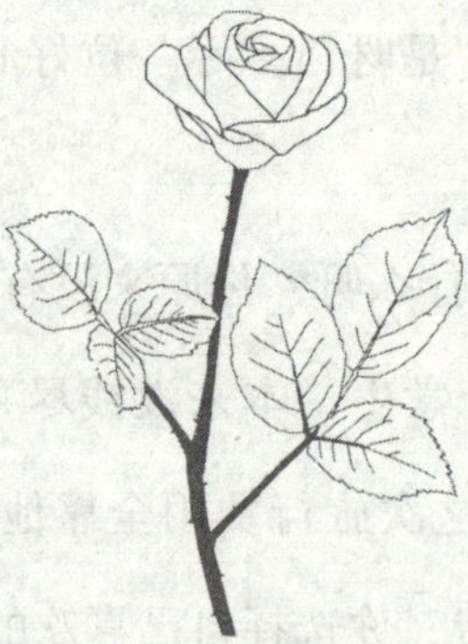

被偷空的住宅

阿D的家在城市近郊。那是一幢别墅，房子外面有一个大花园，附近没有邻居。

秋天的时候，阿D的夫人领孩子去外婆家，只有阿D一人在家，他每天都在公司吃过晚饭再回家。有一天晚上，当阿D回到家时不禁大吃一惊：只见大门敞开，家里的一切都没有了，包括钢琴、电视机、录像机，就连桌子和椅子这些家具也全不见了，整间屋子空空如也。

词语百宝箱

近郊 不禁
敞开 大胆

这显然是被盗，但是令人不可思议的是，窃贼怎么会这么大胆，大白天居然把阿D家偷得这么彻底呢？并且，据说在窃贼们偷盗的时候，有两名巡逻警察还在附近巡逻呢！这到底是怎么一回事呀？

抽丝剥茧

原来窃贼扮作了搬家公司的工人，在白天把阿D家的所有东西都搬走，而不会引起任何人的怀疑。

10 马克纸币

两名武装歹徒冲进一家银行，抢了钱后，立即乘一辆福特车逃跑了。一个银行职员记下了车子的号码。

一刻钟后，布伦茨警长就带着助手赶到了现场。正在他们谈论案情时，突然发现了他们要找的那辆福特车，刚从一辆车子旁驶过。

词语百宝箱

案情　驶过
审问　径直

警官克勒姆叫了起来："这不可能，车子的品牌、颜色、车号都对。"他们超到前面，将车拦下。车里是一位年轻男子，名叫西格马尔。布伦茨警长对西格马尔进行了审问。虽然发现他跟这一起银行抢劫案有关，可是由于他不可能在现场，只能又将他放了。

事后调查，歹徒从那家银行抢走了 7.5 万马克新钞票。

没过几天，又发生了一起银行抢劫案。案发不久，西格马尔正开车通过一个检查站，他径直往前开，警察拦下他说："你没看见停车牌吗？得罚 10 马克！"

"下次一定注意。"西格马尔给了警察一张 10 马克的纸币。

两天后，警方逮捕了他，理由是与银行抢劫案有关。

"不可能，"西格马尔说，"我不在现场！"

布伦茨警长佯笑道："但你是主谋。你找了两个朋友，你们弄了两辆完全相同的车。每次抢劫银行，你就将警方的注意力吸引到自己身上来，他们就趁机跑了。但是，这次你犯了个小小的错误，结果露了马脚！"

你能猜出西格马尔在何处露了馅吗？

抽丝剥茧

西格马尔交罚款的那张 10 马克纸币，是被抢劫的 7.5 万马克中的一张。

珍珠项链

在一个热闹的舞会上，A 夫人突然大声喊叫，说自己名贵的珍珠项链被盗了。

在场的警方人员封锁了现场，然后报告给著名的B探长。

B 探长来到现场后，经允许搜遍了所有在场的客人和各个角落，但是仍然没有线索。

> **词语百宝箱**
>
> 热闹　名贵
>
> 角落

于是，B 探长对 A 夫人进行了询问，并到她购买这条名贵项链的珠宝店进行了调查。

珠宝店经理把 A 夫人所买项链的幻灯片资料放给 B 探长看。B 探长看完后笑笑说：“果然不出我所料，我已经知道这条名贵项链是谁偷的了。”

抽丝剥茧

偷窃这条名贵项链的正是 A 夫人自己，因为项链没有挂钩，如果有人将项链扯断，珍珠肯定撒得满地都是，因此，只有 A 夫人自己才能将项链脱下。

橱窗玻璃

S市最大的珠宝店于某日凌晨发现被盗。

据当夜值班的阿B说，夜间他未听到任何动静，早晨起床后，他打开大门准备擦洗橱窗时，才发现橱窗玻璃被人割了一个大洞，里面放的一只贵重的钻石戒指被偷。

警方接到报案后，立即赶到现场调查。然而现场没有留下指纹，也没有任何其他痕迹，只是有的警察注意到，玻璃用很高级的玻璃刀割开的破口处很整齐。

警方对这个案子感到十分棘手，不知道该怎么办好，恰好这时有人发现阿B卖掉那只钻戒，于是立即将阿B逮捕。但是在阿B的家里并未发现玻璃刀之类的作案工具，而阿B也确实不是用玻璃刀作的案。

聪明的读者，你想想看，阿B到底是用什么把玻璃割破的呢？

词语百宝箱

凌晨　动静
高级　恰好

抽丝剥茧

阿B从商店橱窗里面拿走钻石戒指，然后又用那只钻石戒指去割破橱窗玻璃，故意造成有人盗走钻石的假象，迷惑警方。

机密文件

某公司保卫科的保密柜中，编号为 1045 的机密文件被人偷了，该科保密员 A 立刻向安全局报案。

安全局工作人员 E 接到报告后，立即赶来调查此事。

失窃机密文件一事只有保密员 A 一人知道，E 嘱咐 A 不要声张。经过调查和分析，推断可能是科内人员作案。

E 让 A 找来了知道保密柜密码的其他三个人。

“因为发生了一点儿事情，所以我想请你们说明昨天下班之后的行踪。”E 对三人说。

词语百宝箱

嘱咐 声张
坦然
神色自若

“我在 5 点钟时和朋友一起去吃饭，9 点多我们分手回家。总务科的小石一直和我在一起。”孙某很坦然地说。

“我直接回家，走到半路才发现忘拿手提包了，于是又回来一趟，当时老王还没有回家。”赵某镇定地说。

“今天我因家里有事，打电话请了假。关于 1045 文件失窃之事，我一点儿都不知道。”乔二理神色自若地说。

他们三人刚说完，E 忽然指着其中一人说：

“就是你偷的！”

究竟谁是窃犯呢？

抽丝剥茧

窃犯是乔二理。因为机密文件失窃只有保密员一人知道，乔二理不但知道发生了窃案，竟还能说出文件的编号，不是太奇怪了吗？

抢劫犯的车

一天晚上，在瑞士某小镇上，一个姑娘跑到警察局报案。她对值班人员说：“我独自一人在路上行走，后面开来一辆汽车，我靠到公路左边，汽车从我的右侧通过，就在靠近我的那一瞬间，从汽车里突然伸出一只手，把我的皮包抢走了。希望你们尽快把抢劫犯抓住。”

“汽车里面有几个人？”

“只有司机一人。”

“你还记得车牌号码吗？”

“我向前追了几步，看清车牌号码是9238。”

警方马上寻找这个号码的汽车，但很凑巧，有两辆汽车都是这个号码，一辆是A国的，另一辆则是B国的。

抢劫犯所开的车究竟是哪一辆呢？

（提示：A国的交通规则规定行人和汽车都是左侧通行，B国是右侧通行。）

词语百宝箱

瞬间　突然
尽快　凑巧

抽丝剥茧

抢劫这位姑娘的是B国司机。规定右侧通行的国家，汽车司机座位在车的左边。而规定左侧通行的国家，汽车司机座位应在车的右边。由于抢劫犯只有一人，一边开车一边抢东西，并且他是从姑娘右侧抢走的包，所以司机的座位肯定是在左边。

车轮印

星期六晚上 11 点左右，在某城郊区保密室的一份机密文件失窃了。罪犯是开着汽车去的，在现场的院子里，留有十分清晰的轮胎印，侦察人员用石膏将此轮胎印取下来。

经过进一步调查，公安人员找到了这辆车。经查证，这辆车的轮胎和现场的轮胎印完全吻合，于是便找车主调查。

“没有这回事。星期六晚上我一直都待在家里和朋友聊天，车子也一直停在附近的收费停车场。”

车主有十分可靠的不在作案现场的证明。

公安人员又找来停车场的管理员，管理员证实这辆车子整晚都停放在停车场。他还说:“整个晚上我虽然没出屋,但我坐在窗子前仔细地看着每辆进出的车，他那辆车的样子很独特，所以我敢保证那辆车绝对没出过停车场。”

那么，这辆有不在作案现场证明的车子，究竟怎么会在那里留下车轮印的呢？

词语百宝箱

机密　清晰

吻合　可靠

抽丝剥茧

真正的窃密犯也将车子停在收费停车场。他将自己汽车的轮子和那辆被公安人员怀疑的汽车轮子调换之后，开到保密室院子里作案，故意留下别人车子的轮胎印，以此来迷惑公安人员。要知道，一个熟练的司机，调换 4 个车轮用不了多少时间。

藏信之所

有一封非常重要的信，信的内容关系到两家公司之间订立条约的事项。可是，信竟然被偷走了。信的内容一旦泄露出去将对两家公司造成重大的经济损失，后果不堪设想。

两家公司立刻报了案，侦察人员通过精心的侦查，了解到偷信人的职业和家庭地址。于是，他们趁白天主人出去的时候潜入偷信间谍的家里，虽然知道信就放在房间里，却搜索了几次都一无所获，只好请大侦探明智出马。

大侦探明智潜入偷信人的家里。虽然偷信人把信藏得很隐秘，可是当明智把右手边的灯一打开，马上就知道了藏信的地方。

究竟信藏在哪里呢？请你马上回答。

词语百宝箱

不堪设想
精心
一无所获
隐秘

抽丝剥茧

信放在灯罩里。一打开灯，信的影子就投射出来，所以一看就知道了。

第三章

悬疑迷踪

离奇的死亡，神秘的失踪，笼罩在恐怖之中的一桩桩悬案，正等待破解。真相究竟是什么？是捕风捉影，还是狡诈的谎言，抑或是黑暗的人心。

鬼　火

一个风雪交加的下午，巴县警署侦探罗佩弦正和家里人围坐在小火炉旁取暖，聊家常。突然，屋外传来了急促的敲门声。

“谁？”罗佩弦站起来，走过去开门。

一个年轻的警士站在雪地里，向罗佩弦举手敬礼，报告说：“署长请先生立即去一趟。”

警察署里，署长正在焦急地等待着罗佩弦，见他来了，署长忙说：“佩弦君，快请坐。刚才得知邵梅庭先生突然死了！”

听说邵梅庭先生死了，罗佩弦感到很奇怪。他问道：“从没有听说这位先生有什么病，他怎么会突然死呢？”

“听说是‘鬼’把他杀死的。”罗佩弦更是惊讶不已，连忙说，“这件事情确实很怪，一定是另有原因。”

两人来到了邵家。这时，夜幕已笼罩了小镇，店铺、住户都亮起了灯。他们一进大厅，就看见邵梅庭的尸体躺在一张白床上，他年轻的妻子李氏站在一旁低声哭泣着。署长和罗佩弦走到尸体旁，仔细察看。邵梅庭的脸色惨白，充满了恐惧，除此之外，再没有发现什么可疑的地方。

“夫人，请问邵先生死的时候你在场吗？”罗佩弦问。

“在。”

“那他是怎么死的，你能跟我们详细地谈谈吗？”

李氏掏出手帕，抹了抹挂在腮边的泪珠，缓缓地说道：

词语百宝箱

风雨交加
急促　笼罩

“这些日子，我家闹鬼了，每天都要出现四五次鬼火。我丈夫最怕鬼火，见到它就吓得魂飞魄散。今天吃过早饭，我丈夫刚来到屋檐下，鬼火又突然在房屋上面出现了，他当即被吓昏过去，倒在地上。我听见动静赶到他身边时，他已经断气了……”

听完李氏的讲述，罗佩弦随李氏来到了屋檐下。

“邵先生是在这里被吓死的吗？”

“是的。”

罗佩弦仔细察看，没发现什么可疑的现象。

“邵先生被吓死的时候，还有人在场吗？”

“婢女秋英也在场。”

罗佩弦让人把秋英叫过来，问道：“你家主人死的时候，你看见了吗？”

“看见了。”秋英也把邵梅庭死时的情形叙说了一遍，和李氏刚才讲述的一样。

查无结果，署长和罗佩弦只好起身告辞。临走时，他们对李氏说：“你不要太伤心，先把死者安葬了吧，过几天我们再来驱鬼。”

李氏禁不住又潸然泪下，连声向署长和罗佩弦表示谢意。

两个人刚走出邵家不远，就见一个老汉挑着一副担子走过来，边走边喊：“收废纸喽！”

罗佩弦回头望去，看见邵家婢女秋英端着一个竹篓从门里走出来，把竹篓里边的东西倒进了老汉的箩筐里。待秋英走进邵家大门后，罗佩弦快步来到老汉跟前，发现秋英倒进箩筐的都是些旧信。他仔细察看，竟发现了一封奇怪的信。他向老头讨要了这封信，把它拿给署长看，只见上面写道：

“禾五三牛四又二十一见四五彳八四，壹三一日首人六又三十八殳七九止二二虫十五又二十四牛又二十一。”

署长看过信，也感到很奇怪，茫然不解："真是天书！怕是语言学家也难解其意吧！"

罗佩弦却笑着说："虽然我还不能马上解释这信里说的是什么，但是这封信却使我明白了一个问题。我认为，这封信恐怕与鬼火的出现和邵先生的死都有联系。"

署长也恍然大悟："你是说，是李氏所为，因而出现了这些迷惑人的怪现象。"

"不过，现在还没有证据。我想，只要弄明白这封天书里写的是什么，案子就不难破了。"罗佩弦自信地对署长说。

这天夜里，罗佩弦躺在床上翻来覆去，难以入睡，一直在猜解着这封奇怪的"天书"。

"禾、牛、见……"罗佩弦默念着，接着翻起《康熙字典》来。蓦地，他惊叫起来："猜着了！好你个恶女人！"

第二天，罗佩弦也发出了一封"天书"。回信引诱李氏前来，果然她自投罗网。经审问，她供出了与镇里某中学一个姓杨的有勾结，并制造鬼火吓死邵梅庭的罪行。罗佩弦逮捕了她，查明了这桩奇案。

罗佩弦是怎样识破"天书"的呢？

抽丝剥茧

他发现"天书"里字后第一个数字是笔画数，第二个数字是《康熙字典》里的第某个字，照此，他读出"天书"：秘物觅得，不日来杀此蠢物。

男爵死亡之谜

罗斯男爵是个地道的英国绅士，作为一个有着深厚基督教文化教养的欧洲人却十分崇尚东方文化。罗斯年轻时到过亚洲，在印度住过一段时间，还在那里学会了瑜伽。回到英国后，他继续修炼瑜伽，为此还买下了一座旧健身房，把它改造成练功的场所。罗斯男爵性格内向，又非常虔诚，常把自己反锁在健身房里苦练瑜伽。他在房里备了食物，往往一两个星期才出来一次。

罗斯从印度带回四个印度人，雇用他们是为了与他们一同研究瑜伽，把瑜伽介绍到西方来。

这一天，四个印度人急急忙忙赶到男爵家，向男爵夫人报告："不好了！罗斯爵爷饿死了！"男爵夫人赶到练功房一看，只见男爵僵卧在一张床上，他准备的食物竟原封不动地放在那儿。两个星期之前，男爵把自己锁在这里，备的食物足足可以维持半个月以上，但他怎么会饿死呢？

警察赶来检查了健身房。这是一座坚固的石头房子，门非常结实，又确实是从里面锁上的，并没有被人打开过门锁的任何迹象。室内地面离屋顶有15米左右，在床上方的屋顶上有一个四方形的天窗，但窗是用粗铁条拦住的，即使卸下玻璃窗，再瘦小的人也不可能从这里钻进去。也就是说，这座健身房是一间完全与世隔绝的密室。警察传讯了那四个印度人，因为"首先发现犯罪现场的人"往往最值得怀疑。但四个印度人异口同声地说："爵爷为了能独自练功，下令不许任何人去打扰他。整整两个星期，我们都没来过这儿一次。后来，

词语百宝箱

崇尚 虔诚

与世隔绝

我们不放心，才相约来看望他，敲了半天门没有动静，从窗缝往里看，才发现爵爷直挺挺地躺在床上……”

警察检查了食物，没发现有任何毒物。因为是冬天，食物也没变质，房里也没发现任何凶器。于是，警察就想以罗斯绝食自杀为结论来了结此案。但是，罗斯夫人对此表示不满，亲自拜访了福尔摩斯，请他出场重新侦探此案。

福尔摩斯对现场进行了详尽的侦查，最后，从蒙着薄薄一层灰尘的地板上发现：铁床四个床脚都有挪位的迹象。

于是他问：“夫人，您先生是不是患有高空恐惧症？”

罗斯夫人回答：“他一站到高处就头晕目眩，两腿发软不敢动，这个毛病从小就有……”

“原来如此，那案子可以迎刃而解了。”福尔摩斯立即要求警方逮捕那四个印度人。警方逮捕了四个印度人，他们供认了谋害罗斯男爵，企图夺取罗斯财产后逃回印度的罪行。令人惊叹的是，他们供认的作案细节，竟和福尔摩斯的推理几乎完全一致。

福尔摩斯的助手华生问福尔摩斯：“你是凭什么作出这个判断的？”

是啊，福尔摩斯是怎样作出这样一个判断的呢？

抽丝剥茧

那四个印度人趁罗斯熟睡时，从屋顶垂下带钩子的绳子，把罗斯连人带床吊到半空中，罗斯因为有恐高症，所以吓瘫，最终被饿死了。

被烧毁的汽车

秘密谍报人员 008 骑着摩托车在上坡的急转弯处停下，关掉灯，引擎就那样开着。手表的夜光针正好指在夜里 1 点钟。再过 5 分钟，军司令部联络官去 K 基地送新的导弹配置命令的汽车将从这里通过。为了盗取这一秘密文件，008 在半个月前就潜入该国。

这条公路是通往位于山上的 K 基地的专用道路，所以夜间很少有车辆通过。

不久，在夜雾弥漫的前方黑暗处有灯火出现，正向 008 靠近。就在车开近距离只有十五六米左右时，008 打开车灯，突然迎上去，挡住对方的去路。对方措手不及，急忙转动方向盘急刹车，但没刹住，车撞破防护栏，翻下二十来米深的山谷中。原想汽车受到这一冲击会引燃汽油着火的，但车子翻了两三次，撞到岩石上停了下来。

词语百宝箱
弥漫
措手不及

008 将摩托车藏在道旁的草丛中，然后拿起事先准备好的装汽油的容器走到山谷。联络官伏在方向盘上已经死了。一个黑色的革制皮包从打碎了的车窗中掉出来。008 从联络官的身上找到钥匙，打开皮包，用高感度红外线照相机将导弹配置计划的机密文件拍了下来，然后按原样将文件放回包中扔到车里，再将容器中的汽油浇到车子上，用打火机点燃。火一下子烧了起来，瞬间车子被熊熊烈火包围了。

008 拿着空汽油容器回到公路上，迅速骑上摩托车离去。

翌日，008 在电视新闻中看到那辆车被完全烧毁，尸体和皮包也都被烧成灰烬，便放心了。人们一定会认为司机是在驾车时打盹儿，然后将车翻到山谷里而引燃汽油才烧毁的。

008将拍下的机密文件的胶卷送往本国情报部后，立即收到本部的紧急命令。命令的内容：敌方已对那起事故起疑心，开始秘密调查，立即归国。

如果敌方发现那起翻落事故是阴谋所致，必定要修改导弹配置计划，那么好不容易弄到手的胶卷也就无任何价值了。

“我干得很谨慎，怎么会露出马脚呢？”008不由得自言自语道。

那份机密文件008只是拍了照，而且拍完后又原样放回皮包中，所以即便皮包中的文件没有被完全烧毁，也不会引起对方怀疑的。

词语百宝箱

自言自语
一干二净

008反省了那天深夜的行动，确信从头到尾都没有出现疏漏，就连阻挡汽车前行时的摩托车轮胎印也都去得一干二净，而且行动时又无其他车辆通过现场，自然不会有目击者。那么到底是留下了什么证据而引起对方的怀疑呢？

他百思不得其解。

他有什么失误，你知道吗？

抽丝剥茧

经调查被烧毁的汽车才知道，由于翻落时的冲撞而停止不动的油料表的指针正指向接近零处，也就是说，该汽车在翻落前，油箱中几乎没油了。所以，即使翻落山谷，引燃汽油着火，也不至于燃烧到将尸体和车体烧成灰烬的地步，所以008浇上汽油点燃火是个败笔。

有毒的感冒药

H夫人和当医生的丈夫分居后独自一人生活。但自三天前起，她发高烧一直不退，附近的私人医生又不出诊，无奈只好请分居的丈夫前来看病。

“不必担心，是患了流感。先打上一针，今晚睡觉前吃了这药就会马上退烧，再过两三天就会好的。”丈夫给她打了一针，又给她留下一个用胶囊装的感冒药，并嘱咐她临睡前把药吃下，就回去了。

词语百宝箱

无奈　残留
不可开交
一针见血

当天夜里，她临睡前吃了丈夫留给她的感冒药。可是，几分钟后她突然感到难受，不一会儿就死了。实际上胶囊里装的是氰酸钾。

第二天傍晚，H夫人的尸体被发现。警察在解剖尸体时发现，其胃中残留有尚未消化的掺有氰酸钾的巧克力。因此，被害人的弟弟因杀人嫌疑被逮捕。这是因为他在一周前曾送给他姐姐一盒威士忌酒心巧克力糖，其中有一块巧克力掺有氰酸钾。这姐弟俩正为继承亡父的遗产而闹得不可开交，可见其弟有杀人动机。可是，被害人的弟弟坚持自己是无辜的，并求助团侦探重新进行调查。

接受调查这起案件的团侦探，在得知与死者分居的丈夫是内科医生，并且为了同年轻的情妇结婚而急于想同妻子离婚这些情况后，对医生进行了调查，一针见血地揭穿了医生巧妙的毒杀手段。

那么，这个医生使用了什么手段，将被害人吃下去的掺毒的胶囊替换成威士忌酒心巧克力呢？

抽丝剥茧

是使用了胃吸管。医生在妻子吃了有毒的感冒药死后，悄悄溜回H夫人的住处，将医用吸胃导管插入死者的胃里，将溶化的胶囊和氰酸钾吸出来。并且，又以同样的方法将用温水调化后的威士忌酒心巧克力注入死者的胃里。当然，那威士忌酒心巧克力的溶液里也掺了氰酸钾。这样，即使解剖尸体的胃，里面残存的只有未经消化的威士忌酒心巧克力，所以被警察误认为是吃了掺有氰酸钾的酒心巧克力致死的。

女间谍

词语百宝箱

注视　离去

通缉

咖啡店的服务员，一直注视着独自坐在角落里喝咖啡的一位女士。

她的指甲上涂着红色的指甲油。服务员总觉得好像在哪儿见过她，但就是想不起来。

不久，那个女士喝完了咖啡，到柜台付过账之后，就很快地离去了。

“啊！她就是最近被通缉的那个女间谍啊！我看过她的照片。”服务员突然想起来。

接到服务员的报告，国家安全人员立刻赶来。

“那女子所用的咖啡杯是哪一个？”

“是这个。”

服务员将那只杯子拿过来。国家安全人员立即检查杯上的指纹。

“奇怪了，除了服务员的指纹外，杯子上没有别人的指纹。那个女的戴手套没有？”安全人员不解地问。

“没有！”

“你没有弄错杯子？”

“不会错，就是这个杯子。那个女的刚离开，我马上想起来她就是那个被通缉的女间谍，所以杯子连动都没有动，就一直放在这儿。”

“那么也许是她已经发现你在看她，所以就用手帕把指纹擦掉了才离开？”

“不可能的，因为我的视线一直没离开她，没有看到她擦过杯子。”

服务员回答后，国家安全人员认真地检查了那女子坐过的座位，再重新检查她用过的杯子，都没有发现指纹。

“难道她会没有指纹吗？”服务员问。

“不，我们掌握有她的指纹记录。”

这名喝咖啡的女子是如何将自己的指纹去掉的呢？

抽丝剥茧

由于这名女子是个被通缉的女间谍，她会想方设法不留下指纹，因此，她在两手的指尖上涂了一层厚厚的透明指甲油，这样就不必担心别人会发现了。

遗嘱的秘密

阿约克是一个先天失明的盲人，不过他很聪明，又肯动脑，很多人遇到麻烦时都去找他帮忙。

这一天，阿约克听说好朋友查狄克因车祸伤得很重，眼睛也失明了，住进了医院，于是前去探望查狄克。

“阿约克，你来看我，我十分高兴。”查狄克躺在病床上说。接着，他又说：

“我预感到不会活多久了，我想立下遗嘱，把部分财产分给我贫穷的弟弟。”

词语百宝箱

贫穷　轻抚

思索

“你很快会好的，何必立什么遗嘱呢？”查狄克的夫人反对说。

查狄克说：“这也是以防万一吧，你把钢笔给我，我要写遗嘱。”

查狄克夫人又说：“你眼睛看不见，我来替你写吧！”

“不，我只简单写几句。把钢笔给我吧！”查狄克坚持亲自写。

查狄克夫人无可奈何地拿来了纸和笔，查狄克认真地边写边念道：“我将5000元给我弟弟，其余财产全部留给我的妻子。”

查狄克把遗嘱写好后，装入信封中，交给阿约克保管。

一个月后，查狄克病情恶化，不久就离开了人间。

阿约克带着遗嘱去见查狄克的弟弟维克多。维克多打开遗嘱一看，就说：“这上面什么都没有写！是不是被人给调换了呀？”

阿约克要回遗嘱，用手在上面仔细地轻抚着，念道：“我将5000元给我弟弟，其余财产全部留给我的妻子。”

“这正是你哥哥写的遗嘱啊，没错！”只见他略加思索后说，“我明白是怎么回事了。你放心，我会帮你拿到那笔遗产的。”

他们果然去找查狄克夫人，并要回了那5000元钱。你发现这遗嘱的秘密了吗？

抽丝剥茧

查狄克夫人想独吞查狄克的遗产，她把没有墨水的钢笔递给查狄克写遗嘱，因此维克多见到的遗嘱上什么字都没有留下，但笔尖却在纸上划出痕迹来，所以先天失明的阿约克能用手“读”出遗嘱的内容。

凶器之谜

一个漆黑的夜晚，警士木村正骑着自行车沿着河边的路巡逻。突然，从下游大约100米处的桥上传来一声枪响。木村马上蹬车朝桥上飞奔而去。他一上桥便见桥当中躺着一个女人，旁边还有一个男的，那个男的见有人来，拔腿便逃。与此同时，木村听到“扑通”一声，像是什么东西掉进河里了。

木村骑车追上去，用车撞倒那个男的，给他戴上了手铐，又折回躺在桥上的女人身旁。

只见她左胸中了一枪，已经死了。

“这个女的是谁？”

“不知道，我一上桥就见一个女的躺在那儿，吓了我一跳，一定是凶手从河对岸开的枪。”

“撒谎！她是在近距离被打中的，左胸部还有黑色的火药焦煳痕迹，这就是证据。枪响时只有你在桥上，你就是凶手。”

“哼，你要是怀疑我，就搜身好了，看我带没带枪。”

那男的争辩着。木村搜了他的身，未发现手枪，桥上及尸体旁也未发现手枪。这是座吊桥，长30米，宽5米，罪犯在短时间内是无法将凶器藏到什么地方的。

“你一定把枪扔到河里了，方才我听到什么东西掉进了水里。”

“那是我在逃跑时，木屐的带子断了没法跑，就将它扔到河里了，不信你瞧！”那男的抬起左脚笑着说。

果真，男子的左脚是光着的，只有右脚穿着一种四方形的大木屐。无奈，木村只好先将他作为嫌疑犯带进附近的警察驻所，用电话向总署通报了情况。

词语百宝箱

踪迹　漆黑

刑警立即赶来对现场进行了勘察取证，并于翌日清晨，以桥为中心，在河的上游和下游各100米的范围内进行了搜查。

这条河深1.5米左右，流速也并不是很快，所以枪若扔到了河里，流不多远就会沉到河底的。然而，尽管连电动探测器都用上了，将搜查范围的河底也彻底地找了一遍，但始终未发现手枪的踪迹。

同时，石蜡测验结果表明，被当作嫌疑犯的男人确实使用过手枪。他的右手沾有火药的微粒，是手枪射击后火药的渣滓变成细小的颗粒沾在手上的。另外，据尸体内取出的弹头推定，凶器是一把双口径的小型手枪。

最后，经过仔细调查才发现，手枪已漂流到离桥很远的下游。由于夜色漆黑，木村自然没看见手枪在河面上漂走的情形。

那么，凶手在桥上射死了女子后，究竟怎样藏起手枪的呢？

抽丝剥茧

罪犯用木屐的带子，将手枪绑到木屐上扔到河里。这样一来，木屐就代替了浮袋，小型手枪就不会沉到河底，而是顺水漂向下游。

海顿先生是无辜的

带有神秘色彩的“东方列车”，这一天又发生了一起讹诈案件。

喜欢侦探故事的海顿先生打扮得十分得体：嵌绒领的海蓝色大衣，真丝领带，锃亮的皮鞋。他一手提着黑色的小皮箱，一手拿着一顶礼帽，上了一等车厢。

彬彬有礼的乘务员指引他进了事先预定的包厢。海顿先生刚被PRPR电器公司任命为驻德黑兰的商务代表，今天他是怀着愉悦的心情去上任的。

列车驶出君士坦丁堡的时候，夜已经很深了。

海顿先生看了一会儿侦探小说，正准备上床睡觉。突然，一个女人闪进他的包厢，她长得很标致，说不定是哪一家皮货店的模特。一进门，她就把门反扣上，胁迫海顿先生乖乖交出钱包，否则，就要扯开衣服，叫嚷是海顿先生把她强拉进包厢，企图强奸她。

看到海顿先生没有做出反应，这个女人嬉皮笑脸地说："先生，即使是你床头的警铃也帮不了你的忙，因为，我只需要把我的衣服轻轻一扯……"

海顿先生陷入困境，他只好讷讷地说："让我想想，让我想想……"说着，他点燃了一支"哈瓦拿"牌雪茄。

就这样，双方僵持了三四分钟。出乎这个女人的意料，海顿先生并没有交出钱包，而是轻轻地按了一下床头的警铃。

这时，女人不由得气急败坏，她果然说到做到，立即脱下了外衣，扯破了胸前的衣衫。待乘警闻声赶到时，已躺到海顿床上的这个女人又哭又闹，她扯着嗓子嚷道："三四分钟前，这个道貌岸然的先生把我强行拉进了包房！"

这时，海顿先生依旧平静地、不动声色地站在那里，悠闲自在地抽着雪茄，雪茄上留着一段长长的烟灰。

乘警目睹了这一切，没有立即做出判断，他仔细地进行观察，不一会儿，就明白了：这个女人想讹诈海顿先生。于是，乘警毫不犹豫地把这个女人带走了。

警察是根据什么作出判断，认定海顿先生是无辜的，而这个女人却是在敲诈呢？

词语百宝箱

彬彬有礼
标致
嬉皮笑脸

抽丝剥茧

乘警发现海顿正在抽着雪茄，并留有一段长长的烟灰，据此断定刚才海顿先生是在抽雪茄，并没有把她强行拉进包厢，企图强奸她。

牢房的钥匙

看守所里有一间能放三张床铺的牢房。进入牢房之前，警长银次甚至把幸吉的兜裆布都解开了仔细检查。诡计多端的小偷只要有根细钉，就能轻而易举地打开牢房的锁。银次将幸吉所带物品一概没收，穿的衣服和带子全经过认真检查，结果什么都没有发现。

这天晚上，由看守员八九郎值班。

第二天一大早，八九郎慌慌张张地跑到银次家。

“头儿，不好了。”

“发生什么事了？一大早的，就这么吵吵嚷嚷的。”

“幸吉逃跑了。”

“什么？逃跑了……什么时候？”

“今天早上，我一醒来，发现牢房空了。所以……头儿，实在对不起。”八九郎低头请罪。

“走，去看看。”银次赶到三岛街的牢房一看，牢门开了，打开的牢房锁掉在地上，锁上还插着钥匙。

“喂，八九郎，这把钥匙是怎么回事？”银次从锁上拔下钥匙。

钥匙约一寸长，是用旧钥匙锉制成的。

“幸吉这家伙，用这把钥匙打开锁逃跑了。”八九郎说。

银次非常奇怪，说道：“可是，他是从哪里弄到钥匙的呢？”昨晚把幸吉关入牢房前，已脱光衣服认真检查过，他绝对带不进任何东西。而且，他也不会事先预料到被银次抓住，关押到这间牢房里，他也不可能事先准备好这间牢房的钥匙。

词语百宝箱

关押
愁眉苦脸

“八九郎，你的备用钥匙在哪里？”

“带在身上，昨晚睡觉时还裹在了腰带里。”八九郎从怀里掏出钥匙给银次看。

银次把两把钥匙一比，八九郎的钥匙有两寸长。

“幸吉究竟从什么地方搞到这把牢门的钥匙的呢？”八九郎愁眉苦脸地问。

“哎，这个大碗和竹皮是哪来的？”在牢房的一个角落里，银次发现有荞麦面碗和沾着饭粒的竹皮。

“昨天给幸吉送来的。”

“谁送的？”

“长寿庵的伸助昨天给他送来了一碗荞麦面和两个饭团，用竹皮包着拿来的。”

“你怎么不检查这些东西，就让他交给幸吉呢？也许饭团和荞麦面里藏着牢房的钥匙。这里每顿饭都由长寿庵送，他们瞅着看守的空子，印上牢房钥匙的模型，复制一把是非常容易的事。”

“头儿，我不会那么粗心，送来的东西，我在交给幸吉前，都做了彻底的检查。饭团全掰碎了，荞麦面也用筷子搅过。就连汤底下也都检查过了，那些东西里怎么也藏不了牢房的钥匙。”八九郎说。

“也许当时伸助靠近牢房，亲手交给了幸吉呢？”

“怎么会呢？我一直监视着，一步也没让他接近牢房。”

“此外，还有谁来过牢房吗？”

“什么人都没有。”

“你一次也没出去过？”

“对，一次也没有。”

“睡觉时，窗户关紧了吗？”

“关好了，从外面肯定钻不进人来帮助幸吉逃跑。”

“尽管这样，今天早上你起床时，幸吉早已逃跑了……”

“真没脸见人。”八九郎缩着肩膀。

“看来，还是伸助值得怀疑，一定是他瞒过你的眼睛，把牢门钥匙交给了幸吉。”银次说着，便把空碗翻过来，大碗下面有一圈凸出的碗底。不仅大碗，一般盘碟之类的器皿也有这样的底子。

银次拿着装面的大碗和竹皮想了一阵：“对，我知道了，是伸助这家伙用巧妙的诡计，把钥匙交给了幸吉。幸吉吃完面条，等你睡着后，就用钥匙打开牢房逃跑了。八九郎，马上把伸助抓来。”

“是。”八九郎立即赶到长寿庵，但送饭的伸助和幸吉已经一起逃跑了，他们是同伙。

那么，根据银次的推理，伸助是怎样把钥匙交给幸吉的呢？

抽丝剥茧

伸助送面时，把钥匙粘在碗底，这样，不管怎么检查也发现不了。碗里装着面条，八九郎也不可能把碗倒过来检查。

刀 痕

金不烂当铺的老板死了，而且死得很惨，是被一把短剑刺穿胸膛活活钉在墙上的。老板娘吓得半死，报案后不一会儿，警察局的人就来了，为首的是有名的侦探岩风。

岩风勘查了现场，老板刚死不久，不到一个时辰。现场除扎在死者身上的剑外，地上还有一把刀。经过辨认，老板娘确定这是她丈夫的。屋里的柜子上和周围墙板上有多处新划的刀痕，像是拼杀时留下的。除了这些，岩风再也看不出其他蛛丝马迹。

岩风下令将有作案时间的嫌疑人先抓起来。很快抓到了四个人，两个是本店的伙计，两个是刚来过当铺的顾客。岩风对这四个人一一盘问，可谁也不肯承认自己是杀害老板的凶手。没有证据，岩风也拿他们没有办法，只好暂时将他们看管起来。

金不烂当铺的老板慈眉善目，街坊邻里口碑不错，从来没听说有人和老板有仇，仇杀的可能性很小。如果是谋财，也不对，柜台的银子一两没少，显然不是为了钱财。

那凶手是为了什么呢？岩风琢磨着白天的每一个画面和每一个细节。

找不到库房的钥匙，以为被凶手拿走了，后来怎么又找到了呢？老板娘应该熟悉放钥匙的地方，为什么钥匙不在平时所放的抽屉里，而放在从来没有放过的下面抽屉里呢？把钥匙换了个抽屉，是他人所为，还是死者生前的什么用意？还有，根据死者被刺的部位判断，凶手个子较高，力气不小，把人刺穿了还狠狠地扎进墙板，可以说是个高大魁梧的家伙。但是，现场有这么多刀痕，说明两个人有过一场殊死搏斗，且势均力敌，不相上下。这样的厮杀，会惊动周围不说，还与岩风判断的凶手不符。因为老板个子矮小，身单力薄，不可能与一个身强力壮的人相持那么长久。

词语百宝箱

凌乱

天衣无缝

如果说老板只反抗三两下就败在凶手的剑下，那么，现场又怎么会有这么多的刀痕呢？岩风越想越觉得不对头，这里头必定有文章。

一大清早，岩风又匆匆赶去案发现场。他再次仔仔细细地查看现场，特别是那些刀痕。岩风发现柜子上的刀痕断断续续的有些凌乱，有的还不像一刀划过的样子。他思索着。突然，岩风想到了库房钥匙换了抽屉的事。对啊，这些抽屉不都是可以替换的吗？难道……岩风将一个个抽屉全拉了出来，然后再按照抽屉上和柜子上的刀痕，像拼图一样将它们拼起来再放进柜子里去。

当全部抽屉放回柜子后，岩风不禁眼睛一亮，说了声“成了”，就拔腿赶回警察局。

一到警察局，岩风就把其他三个人放了，留下疑犯王七。王七不服，说：“他们可以走了，为什么不放我？”

岩风什么也没说，只是把王七带到了金不烂当铺。当王七再次来到犯罪现场，也就是他杀死老板的地方时，脸色一下子煞白了。

“看见了吧，这就是你杀害老板的证据。”岩风威严地说。

王七见事情已经败露，吓得魂不附体，直打哆嗦，“扑通”一声跪在了岩风的面前，哭喊着拼命求饶。王七已无可辩驳，只好供认了他的杀人罪行。

天衣无缝的杀人计划，却还是被岩风看出了破绽。

杀害老板的证据到底是什么呢？

抽丝剥茧

岩风重新将抽屉放置到柜子里，发现那些刀痕清晰地写着“王七”两个字，这是老板情急之下划下的痕迹。

找不到的邮票

日本邮票收藏家竹田秀夫，在纽约的邮票拍卖市场上以15万美元的高价击败了美国集邮商，买下了一枚“邮局邮票”。

这枚邮票是1847年在印度洋上的一个英属殖民地毛里求斯岛发行的。当时岛上连一个像样的印刷所也没有，邮票是由一个钟表匠采用凹版印刷制作的，而且不知是疏忽还是什么缘故，竟把“POST PAID(邮资已付)”的字样印成“POST OFFICE(邮局)”。经考证，这种邮票目前世界上仅存26枚，称得上是珍品中的珍品了。

拍卖结束后，秀夫避开舆论界的纠缠，悄悄离开拍卖市场，急于回到下榻的饭店，好慢慢欣赏一番这用15万美元巨款买到手的珍品。

可是，当他走到地下停车场，刚想拉开车门的时候，头部突然被人从背后用钝器击了一下，当即就失去了知觉。

当他醒来后，见自己的手脚被紧紧地捆绑着，关在一间不知是哪里的汽车库里，身边围着三个戴着墨镜、凶神恶煞的人。秀夫马上观察了一下周围，断定他们是一伙专门抢劫世界名贵邮票及货币的强盗。不久前，在伦敦、巴黎等地就屡屡发生名收藏家遭劫、贵重珍品被抢的案件。

秀夫早有提防，已妥善藏好邮票，但他怎么也没有料

词语百宝箱

欣赏

凶神恶煞

到刚一离开拍卖市场就遭劫。

“你想保命，就乖乖地把邮票交出来。我们要的是那张旧邮票。”强盗集团的头目用手枪逼着秀夫威胁说。

“我不知道哪张邮票。”秀夫在装糊涂。

“你别装傻！我们从拍卖市场一直盯着你到这儿！”

“既然那样，就随便你们搜好了。”

两个喽啰搜遍了秀夫的衣服口袋，但口袋里只有旅行支票、300 美元现钞、手帕、汽车钥匙以及一张使用过的明信片。明信片上绘有富士山图案，是从日本寄来的。

“就是明信片上贴着的这张邮票吧？”

“不是，这是日本极普通的纪念邮票，别看尺寸挺大，连 1 美元也不值。”

“可是，没见到有其他邮票呀。头儿，会不会是这个家伙把邮票藏在拍卖行的寄存柜里了？”

“不会的。他只去了一次厕所，马上就来停车场了。他是不会把花了 15 万美元高价买到的邮票轻易地放在什么地方的。来，把他的衣服扒光来搜！就一张小小的纸片，可能会藏在衣服里或鞋里。”

歹徒们扒光秀夫的衣服，用剃刀把西服和内衣一点点剥开，把鞋割成碎片，从头到脚仔细搜了个遍，当然连头发里也没放过。但最终还是没找到那枚价值 15 万美元的邮票。

秀夫到底把邮票藏到哪儿了呢？

抽丝剥茧

秀夫将邮票贴到富士山图案的那张明信片上，再在上面贴上普通的纪念邮票。

求救信号

一架夏威夷的水陆两用游览飞机被一名来自加拿大的中年男子劫持了。劫机者一人租用了这架可坐 4 人的飞机，开枪击毁了发报机，使飞机无法与地面联系，并命令驾驶员马克按他指示的方向往北飞。飞机飞到海面上，那里有一艘潜水艇在接应劫机者，他身上带着绝密情报。

劫机者站在马克旁边，用望远镜观察着海面："来得过早了……好，在潜水艇露出水面之前就在天上待命。再飞高些，盘旋！"

"明白。"马克提高高度，盘旋飞行，心想：如果运气好能发现航行中的船，就可以往下投烟筒之类的东西，设法发出求救信号。但赶巧海上找不到一条渔船，天空中连一架飞机的影子也没有。此时，突然起风了，平静的海面上掀起了白色巨浪。马克则一直在沿着三角形的路线盘旋飞行。

"啊！看见了，在那儿！"突然，劫机者兴奋地叫了起来。海面上露出一个像鲸鱼似的黑影，在碧波间划开一条白色的波纹，浮出一艘不明国籍的潜水艇。

"在那个潜水艇旁降落！"

"明白。"马克拉下油门杆，减小了动力，飞机开始下降。虽然紧贴海面下降，但马克故意着水失败，从潜水艇的头上飞过去，再次抬起机头。潜水艇上穿着保护色制服的人正在放橡皮筏。

> **词语百宝箱**
> 盘旋　碧波
> 气急败坏

"喂，你在干什么？快点降落！"劫机者气急败坏地喊道。

马克嚷道："这不是直升机，如果不看准风和浪的方向降落，飞机会翻倒的。外行少插嘴！赶快去穿上座位下面的救生衣，赶上侧浪是会弄翻飞机的！"被马克这么一吓唬，劫机者赶忙穿上救生衣。马克为争取时间，做大幅度盘旋。这次虽然顺利地浮在水面上，但距潜水艇还有几米远时，他就把发动机关了。

"为什么把发动机关了？再近一点儿！"

"你打算在转移到橡皮筏上前杀了我吧？"

"真抱歉，你倒是提醒了我。"劫机者用手枪顶住了马克的后脑勺。

"扣扳机前，你给我好好听着！"马克沉着地反唇相讥。

这时，上空有声音传来。一架双引擎的水上飞机正快速地朝这边飞来。海面上的潜水艇慌忙撇下橡皮筏开始下沉。马克紧紧抓住了劫机者的手腕说："那是海军的水上飞机，是接到我发出的求救信号，赶来救我的。"

没有发报机，马克是怎样发出求救信号的呢？

抽丝剥茧

马克盘旋时是按照三角形路线飞行的，每两分钟向左飞行画一道线，这是航空求救信号，这样，基地雷达发现后就会马上派出救生机。

中毒事件

在一个初秋的夜晚，一名独居的男子被人用天然气毒死在房子里。半夜时，管理员因为闻到气体外泄的味道所以打开了他的房门，于是发现了尸体。厨房中的管道天然气开关上接了一条长长的塑胶管，气体正大量地从管中外泄出来。不知什么原因，在厨

词语百宝箱

初秋　独居

房的地板上有一大片水渍。

解剖尸体后，发现死因是一氧化碳中毒，还发现死者曾服用过少量的安眠药，死亡时间大约是晚上 9 点钟。

词语百宝箱

解剖 狭小

人在这个狭小的房间里，若是关上门、窗，再将天然气全部打开，20 分钟内必定死亡。也就是说，凶手可能在 8 点 40 分左右就开了管道开关，然后逃走了。但是两天后，警方逮捕了嫌疑犯，却发现嫌疑犯当天晚上 7 时正因车祸而被警方关在拘留所中，整整关了一个晚上。若是这名嫌疑犯在 7 点之前就开了管道天然气，然后逃走，则被害者的死亡时间应该是晚上 7 点 20 分才对。不过，被害者的确是死于晚上 9 点钟左右。

那么，这名嫌疑犯究竟是用什么方法，使天然气延后了 1 小时 40 分钟才释放出来的呢？提示：不要想到天然气管道工程有什么问题，疑犯只是做了一点儿小手脚而已。

抽丝剥茧

地上的水就是最好的线索，犯人将服了安眠药后昏睡的被害人拖到厨房，将一头被冰封的塑胶管接上管道天然气出口，然后打开天然气开关，关好门窗离开，一段时间后冰化成水，天然气漏出，致被害人推迟了死亡时间。

脚印迷踪

律师出身的美国总统林肯，24 岁时在纽萨赖姆林邮局当代理局长。他工作勤恳，当了局长还挨家挨户地去送信。

一天清早，林肯给一位名叫史密斯的青年去送信。史密斯是刚到这个村子来当神父的，因为教堂还没造好，他一个人临时住在一间小屋里。林肯在小屋门前高喊了几声，又连连敲门，竟毫无动静。

“也许是出门散步去了吧。”林肯这么想着，就到小屋后面的田野中去找。到那里一看，不好，神父倒卧在旱田里，背上还插着一支印第安人的箭。

一个警察刚好路过此地，林肯忙向他报案。当警察看到尸体上的箭时，顿时就变了脸色，惊叫道：“这是‘黑鹰’在报仇！”

林肯知道这“黑鹰”指的是印第安撒古族的酋长。

警察说：“撒古族的酋长和这个村子有宿仇。”

林肯问：“酋长来报仇，怎么没留下他的脚印呢？”

词语百宝箱

干燥　荒凉
光秃秃

“那酋长是从远处射的箭，当然不会有他的脚印。”

“那么，为什么连神父的脚印也没有呢？昨晚刚下了雨，田里是湿的，土是软的，只要有人走，就会留下脚印的呀！”

“看来，是这场雨把神父的脚印冲掉了。”

“不，警察先生，要是那样，神父的尸体也淋过雨，应该是湿的，可是，他的衣服很干燥。”

“也许是因为过了一夜，被风吹干了。”

“不可能，”林肯说，“你瞧，他的伤口上还有凝结的血，要是被雨淋过，血迹也早就给冲走了。”

“那么，神父一定是在雨停了以后才被射死的。”

“不，警察先生，如果是这样，为什么没有神父的脚印呢？难道他死后，还能爬起来把脚印抹去吗？”林肯说完，仔细观察起四周，他注意到离神父尸体 3 米远的地方，有一块板壁，高 2 米左右，这附近就是准备盖教堂的地方。

身高 1.93 米的林肯走近板壁，踮起脚朝板壁的另一边看去，那里是一个很荒凉的院子，在一棵大榆树上挂着一个秋千。院子四周是光秃秃的红土层，杂草不生。

林肯说："我明白这是怎么一回事了！"

"是怎么一回事呢？"警察问。

林肯抱起矮个子警察，让他看看自己所看到的一切。

他们都看到了什么？为什么凶杀案现场会没有脚印呢？

抽丝剥茧

杀人犯杀人后，将尸体放在秋千上，利用惯性把尸体抛过板壁。

迎面的车灯

20 世纪 30 年代的一天深夜，西班牙秘密情报员 K 驱车向郊外的一个小镇驶去。15 分钟之前，他截获了一条重要的情报：第二天凌晨 4 点，已经安装在发电厂机组里的炸弹就要爆炸。这情报关系到 50 公里外一个发电厂的生死存亡。他必须将这重要情报报告给设在小镇的秘密警察组织，请他们火速赶到现场，排除炸弹，防止事故发生。

车刚驶出寓所的便道，他便发现迎面飞速开来一辆卡车。K 凭着自己数十年的经验和直觉，认为这辆卡车来者不善。

几乎在卡车撞上他的轿车的一刹那，K 开了车门，跳到了车外。"轰"的一声，他的轿车被卡车撞翻了。

K 在地上打了几个滚，顾不得摔破的膝盖已淌满了血，飞快地往便道的另一头逃去。凭着直觉，他已感到身后至少有两个人在追赶着自己。他虽然带着手枪，但并不想转身反击身后的暴徒，他明白自己的重要任务：必须赶到小镇，将情报火速送出去，解除发电厂的重大危机。他弯着腰拼命往前跑，心想："便道的尽头或许会有出租汽车……”

身后的暴徒越追越近，但暴徒也没有开枪。他们想抓活的，不到万不得已，他们是不会开枪的。

这便道很窄，宽度只有5米左右。

K跑着跑着，突然发现迎面又驶来一辆车子。车子开得很快，两只车灯发出耀眼的光，这灯光照得K睁不开眼睛。

K心里镇定，当汽车驶近时，他急忙向道旁躲去……但是，当那辆车从K身旁驶过的一刹那，K却被撞死了。

有5米宽的大汽车吗？显然不可能，这是怎么回事呢？

当M警长赶到现场时，暴徒和车子刚刚逃走。关于这次坏人企图炸毁发电厂的情报，M警长已通过另外的渠道截获。当K驱车离开寓所时，M警长已解除了发电厂的危险。

他怕K有意外，亲自赶到K这儿来，没想到还是来晚了一步，K已经被撞死了。

M警长看了看5米宽的便道，打开手电又看了看地上的车轮痕迹，终于明白事故是怎么发生的了：“看来，K死于错误的判断。”

这次车祸是怎么发生的呢？K已躲开亮着两只车灯的汽车，躲到了路旁，怎么还会被压死呢？

抽丝剥茧

K看到开来的不是一辆车，而是两辆并行的车。他之所以认为只有一辆车撞来，是因为那两辆车都只开了一盏靠里侧的车灯。

背头和分头

一天，林警官垂头丧气地来到罗波的侦探事务所。

“罗波，你要是发现了这个家伙就通知我，这是通缉犯的剪拼照片。”小林说着，从上衣口袋里掏出一张照片递给罗波侦探看，照片上的人留着分头。

“这个人犯了什么案？”

“这一个月来，夏威夷接连有几家饭店遭到怪盗的洗劫。这个怪盗的作案特征是专门趁日本游客洗海水浴的空隙，潜入客房盗窃现金和宝石。终有一天该他不走运。四天前，他在行窃时被饭店的服务员发现，但他打倒了服务员后逃跑了，接着似乎是乘飞机逃到东京来了。所以，夏威夷警方根据服务员的证词，给犯人画了像，请我们协助追捕。”小林警官把情况大致说了说。

罗波侦探认真地看着照片，惊叫道：“哎呀！要是这个家伙，我还真知道。就是昨天才搬进这家公寓四楼的那个人。”

“噢，这么巧？”

“是的，脸非常像。只是发型有点儿不同。”

“不管怎么样，咱们还是去看看。你带我去吧！”

词语百宝箱

垂头丧气

空隙

两个人马上来到四楼，敲响了413室的门。门开了，一个男人从里面探出头来。

的确，此人跟照片上通缉的那个人长得一模一样，但发型是背头。

“喂，洗劫夏威夷饭店的就是你吧！”小林警官把通缉照片送到他的眼前。

“这怎么可能呢？我的头发，你们看！是背头呀！从十几年前起我就一直是这种发型，而这照片上的人梳的不是三七开的分头吗？只是长得像我，但并不是我。”对方回答说。

“发型嘛，只要有把梳子，要什么型就是什么型，而你晒黑的脸就足以证明你在夏威夷待过比较长的时间。”

“我的脸是打高尔夫球晒黑的。随你怎么怀疑，反正你也拿不出我梳过分头的证据吧！要想逮捕我，就拿出证据来。”他板着脸佯装不知。

就连小林警官也被噎得没话说了。

这时，罗波侦探从旁插话说：“那么，就请你配合我做个实验吧，就做一个。通过这个实验，就能证明你的清白，你不是也想要证明自己的清白吗？”

对方犹豫了一会儿，还是答应了：“可以，你做什么实验我不管，但只要能证明我是清白的，我会乐意协助你的。”

罗波侦探将对方带到附近的一个理发店做了个实验。于是，罗波侦探拿到了他最近梳过三七开分头的证据，马上戳穿了他的谎言。

“不愧是名侦探啊！”小林警官对罗波侦探的聪明佩服得五体投地。

那么，罗波侦探到底做了什么实验，看破了此人的伪装呢？

词语百宝箱

清白
五体投地

抽丝剥茧

罗波让人剃光了嫌疑犯的头。那人梳着三七开分头，在夏威夷待了一个月，分着的发线就会留下阳光晒过的痕迹。

伪 装

某国的将军发动政变而未遂，结果被当局软禁在别墅内，派警卫严密地把守。

将军见外逃无望，只能整天与爱犬为伴，遂产生了自杀的念头。但又打算给别人以他杀的假象，从而嫁祸掌权的政敌。

一天早上，卫兵打开紧锁的房间，发现将军早已死于床上，颈部被刀割断动脉。但是查遍室内的冰箱、电视等物均没有异象，而且也没有发现任何凶器。

地板上只有一个打开的杀虫剂罐头，气味十分强烈。将军的爱犬不在室内，卫兵猜测小狗也许是通过墙壁上的狗洞离开的，那个狗洞根本无法让凶手钻出去。

后来卫兵在花园里发现了小狗，又在大树下发现了一把小刀，但刀身上没有任何血迹，只是刀柄上系了一条细短线，在狗尾上也系有一条粗线。

卫兵百思不得其解，只好上报说，将军是他杀，这引起了社会上的很大震动。

你能说出将军是怎么把自杀伪装成他杀的吗？

词语百宝箱

严密　猜测
震动

抽丝剥茧

将军很早以前就用冰箱制作了方冰块，里面冻结了两段线。一根细短线系上小刀，再把另一根粗线系在小狗的尾巴上。将军在割喉后，立即把刀上的血迹擦掉，又迅速打开杀虫剂罐头，强烈的气味迫使小狗从小洞内跑出房间。后来冰块融化，这才使小刀丢落在大树旁，造成了将军是被人杀害的假象。

第一现场

一天夜晚，张大友接到姐姐打来的电话，说有要紧事情让他马上到她家去。

原来，姐姐碰到一件棘手的事情。她的朋友文芳今晚有事住在她家里，可是文芳睡觉前洗澡时，突然心脏病发作，死在浴缸里。大友的姐姐不敢通知警察局，怕警方怀疑是她杀了文芳而引起麻烦，因此求大友把文芳送回单身住的别墅浴室里，就像文芳在自己家里死的一样。

张大友把文芳送到她的别墅时，天已大亮。幸好别墅坐落在森林边缘，没有人发现。张大友悄悄地把文芳放到浴缸里，打开热水器，让浴缸放满温水。接着，他把文芳的衣服挂在衣架上，把手提包和高跟鞋放到适当的位置，随后便悄悄地离开了别墅。

词语百宝箱

棘手　边缘
环视　沉思

当天下午 3 点左右，文芳的同事发现了尸体，很快报告了警察局。法医检查后说："死因是心脏病，自然死亡。"正在现场调查的探长忙问："是什么时候死亡的？"法医说："更详细的情况需要解剖尸体后才能断定，初步推测大约是在晚上 10 点到 12 点。"探长环视四周，沉思片刻后说："如果肯定是死于心脏病，又是这个时间，那么这个浴室不是第一现场，肯定是谁怕尸体引起麻烦才运到这里来的。"

张大友有什么疏忽，使探长确信尸体是从别处运来的呢？

抽丝剥茧

是由于张大友没有打开电灯。如果文芳是昨晚 11 点左右入浴室后猝然死去的，那么浴室里的电灯一定是开着的。张大友把尸体送到别墅时，天已大亮，因此，他根本没想到开灯。

敲诈案

上午 9 点 20 分，米西尔刚走进办公室，电话铃便响个不停。他拿起话筒，听到话筒里传来妻子狄娜的抽泣声："约翰，约翰……"这时，话筒里又传出一个男子故意变调的声音："米西尔，要是你不想伤害你太太的话，就拿出 2 万英镑。10 点 15 分，有个叫威克思的人来找你，把钱交给他，就没你的事了。否则，你的妻子……"说到这里，"咔嚓"一声，电话挂断了。

词语百宝箱

萦绕　逼视
惊魂未定

妻子的抽泣声一直萦绕在米西尔的耳边，好像鞭子抽打着他。他忙离开办公室，走进一家百货商店，买了一只蓝色的小皮箱，然后上银行取出 2 万英镑，回到了办公室。10 点 15 分到了，一个男子走进办公室，两只蓝眼睛发出像狼一样的目光凶狠地盯着米西尔说："我叫威克思，快把钱给我！"

"我的妻子呢？"米西尔试探地询问道。

"她活着，你想报告警察也可以，不过那样的话，"说到这里，威克思眼露杀机，逼视着米西尔，"你的妻子就没命了！"

威克思一离开，米西尔便往家里打电话，可是怎么也打不通。"妻子会不会……"他急疯了，横下心向警察局报了案。随后冲下楼，坐上汽车，火速开往家里……当他好不容易赶到家中的时候，惊魂未定的狄娜正与赶来的警官在交谈，还好她平安无事。

“哦，米西尔先生，您太太已经把事情经过告诉我了。但是，一个男人和您给那人的一只装钱的蓝色皮箱，她怎么也讲不清。现在请您详细讲一讲，到您办公室去的那个男子的外貌特征，以及您给他的那只装钱的皮箱是什么样子的。”米西尔赶忙把事情的经过从头至尾、原原本本地叙述了一遍。

半夜三更，夜深人静，米西尔和妻子狄娜一边喝酒，一边交谈着。说着说着，突然米西尔“呼”地从椅子上弹了起来，给警察局打电话。

“约翰，怎么啦？你发现了什么新线索？”狄娜问道。

米西尔的脸色变得铁青，说：“是的，我请他们来审问你！”

狄娜大吃一惊：“我？亲爱的，你喝多了！”

“别演戏了！我现在非常清醒，你和那个叫威克思的家伙串通一气来敲诈我。”米西尔怒不可遏地叫道。

果然，在警官的审问下，狄娜只好交代了实情。

你知道为什么吗？

抽丝剥茧

米西尔从电话里得知狄娜的消息后，再也没有和狄娜通过电话，而狄娜却知道他用新买的蓝色皮箱装钱给了威克思，显然她是从威克思之处获悉的。结论非常清楚：狄娜与威克思合谋敲诈米西尔。

伪造的照片

8月15日早晨3点30分左右，在一座大楼里，一个保安人员遇害。看来是潜入大楼的强盗因被保安人员发现，杀人后逃跑了。

经过一番搜查，在当天晚上嫌疑犯被找到了，是住在郊区的一个单身男人。

刑警立即赶到他的家。

“今天早晨3点30分你在哪儿？”

“那个时候，我早就起床了，正在我家院子里用一次性照相机，每隔4分钟给我栽的牵牛花从蓓蕾到开放拍摄系列照。”那人指着院子一角栽种的一片牵牛花介绍说，“这种牵牛花是在清晨3点10分左右开始开花，约40分钟后开完，我一直在拍照。”

将照片与花对照起来看，照片的确是今天早晨在院子里拍摄的。刑警们为了慎重起见，又把照片送到了A大学的植物研究所，给研究所的工作人员看照片并了解了牵牛花的开花时间。

调查的结果：这个地区8月中旬牵牛花开花，最早在凌晨2点，从3点绽开花瓣，4点左右开花结束。

这样一来，那人当时不在作案现场的证明是成立的。从他家到作案现场，开飞车也要不少于一个小时。

可是，留在现场的指纹证明，罪犯就是他。

他没有同伙，那到底是使用什么手段伪造了这些照片呢？

词语百宝箱

潜入 蓓蕾
栽种 拍摄

抽丝剥茧

罪犯是在头天晚上用纸做了一个帽子套在花蕾上的，这样，清晨3点钟花就不会开了。作案后，罪犯跑回家取下了花蕾上的纸帽，于是，开花的时间就推迟了。当花蕾开始绽放时，他就使用一次性照相机拍下开花过程的系列照片。

图书缺页

罗丹图书馆管理员嘉莉小姐是个很细心的姑娘。这一天，有个老妇人来归还一本叫作《曼纽拉获得什么?》的书，嘉莉小姐翻了翻，发现缺了第41页、42页这一张。

那妇人解释说："我借的时候应该就是缺页的，但事先并不知道。"

嘉莉小姐面带笑容地说："可这书是在您还给我的时候发现缺页的呀，按规定应该由您负责赔偿。"

老妇人按规定付了款。嘉莉小姐目送老妇人走后，又拿起那本书，随便地翻着。忽然，她发现在第43页上有几处细小的划痕，好像是用雕刻刀之类的利器划出来的。她开始仔细阅读那一页书，并用铅笔在划痕上描画，线条终于清晰地显现出来。等到全部画完，她发现这些划痕并不都是在文字的周围，有的一部分划在字的四周，另一部分划在空白处，有的则完全划在空白的地方。她忽然明白了：她是在无关紧要的一页上白费了劲，真正的秘密隐藏在那张缺页上，43页上的所有刻痕，不过是从前一页上透过来的印痕而已。

于是她去一家书店又买了一本《曼纽拉获得什么?》，小心地把第41、43页对齐后，在两张书页之间夹进一张复写纸，然后用铅笔小心地在第43页已有的线条上重描了一次。描完后，她抽出第41页，兴奋地注视着那些四周画上了线条的文字：

"医治带候很坏宝贝去的元她健康你五十复音万。"

词语百宝箱

无聊　意义

牵扯

她不免有些失望，这是一堆互不连贯的文字。这难道只是某个人出于无聊而随便划上去的记号吗？

她又仔细地研究起书的第 41 页来。终于发现这些划痕正好把每个字的四周框住了。是谁用小刀把 41 页上的一些字剜了下来呢？她猛然醒悟：既然这些字是一个个地剜下来的，当然可以随意排列了。如果改变一下这些字的顺序，其结果又会怎样呢？

她变换了几次顺序，最后组成了一句她认为最有意义的句子。她读了两遍句子后，觉得这里面可能牵扯到一起绑架案，就报了警。

根据这一线索，警察成功地破获了一起绑架案。原来，那绑匪怕败露笔迹，就从书上剪下一个个的字，然后拼成了一句话，寄给被他劫持的“宝贝”的亲属，让他们出钱去赎人。

你知道嘉莉小姐拼出了一句什么话吗？

抽丝剥茧

她拼出：“你的宝贝，她健康很坏。带五十（或十五）万元去医治，候复音。”她注意到“宝贝”和“五十万元”，才想到可能和绑架案有关。

被迁移的尸体

星期六，一个学生在某酒店服毒自杀了。翌日，酒店服务员发现了死者，便立即告诉主管。

“用不用马上报警？”服务员问。

“别那么傻。是他自己找死，我们何必去惹麻烦呢？只要警察一来，这件事便会宣扬出去，对酒店的声誉大有影响。”

词语百宝箱

宣扬　利落

揣测　迁移

“但尸体不能不处理呀！”

“丢在后面的公园里吧！那里是有名的自杀场所，上个月就已经有一对情侣在那儿自杀了，警察无非以为又多了一宗自杀案而已。”

午夜，当所有的旅客都睡着后，服务员和主管便悄悄地将尸体抬到后面的公园去了。

他们在草丛中看到一张被人丢弃的报纸，便决定把尸体放在上面，然后将遗书塞入死者的口袋里，并把有毒的杯子放在尸体脚边，令人看起来像在公园里自杀一般。而主管和服务员也做得十分利落，没留下丝毫痕迹。

第二天早上，尸体被发现了。经验尸后，证实死亡时间应在星期六晚上9时左右。

老练的探长霍尼，在观察过现场后便说：“即使是自杀，但发生的地点也绝不是这里。我揣测是有人怕麻烦，才将尸体迁移到此的。”

你知道霍尼探长凭什么这样说吗？

抽丝剥茧

报纸上的日期露出了马脚。因为死者是在星期六（25日）自杀的，又怎会躺在星期日（26日）的报纸上呢？

凭空消失的新郎

理查德和安娜在海港的教会举行了结婚仪式，然后顺路去码头，准备启程去度蜜月。这是闪电般的结婚，所以仪式上只有神父一个人在场，连旅行护照也是安娜的旧姓，将就着用了。

码头上停泊的一艘国际观光客轮马上就要启航了。两人一上舷梯，两名身穿制服的二等水手正等在那里，微笑着接待了安娜。丈夫理查德似乎乘过几次这艘观光船，对船内的情况相当熟。他拨开混杂的乘客，领着安娜来到一间写着“B13 号”的客舱，两人终于安顿下来。

“安娜，要是带有什么贵重物品，还是寄存在事务长那儿安全啊！”

“带着 2 万美元，这是我的全部财产。”安娜把这笔巨款交给丈夫，请他送到事务长那里保存。

可是，左等右等也不见丈夫回来。汽笛响了，船已驶出码头。安娜到甲板上寻找丈夫，可怎么也找不到。她想，也许是走岔了，就又返了回来，却在船内迷了路，怎么也找不到 B13 号客舱。她不知所措，只好向路过的侍者打听。

“B13 号室？没有那种不吉利号码的客舱呀。”侍者脸上显出诧异的神色答道。

“可我丈夫的确是以理查德夫妇的名字预定的 B13 号客舱啊。我们刚刚把行李放在了那间客舱。”安娜说。她请侍者帮她查一下乘客登记簿，但房间预约手续是用安娜旧姓办的，是“B16 号”，而且，不知什么时候，她一个人的行李已被搬到了那间客舱。

词语百宝箱

蜜月　诧异

登记簿上并没有理查德的名字；事务长也说没记得有人寄存过2万美金。

词语百宝箱

迎接　发誓

“我的丈夫到底跑到哪儿去了？”安娜简直莫名其妙。她找到了上船时在舷梯上笑脸迎接过她的船员，安娜想，大概他们会记得自己的丈夫，就向他们询问，但船员的回答使安娜更绝望。

“您是快开船时最后上船的乘客，所以我们印象很深。当时没别的乘客，我发誓只有您一个乘客。”船员回答说，看上去不像是在说谎。

安娜一直等到晚上，也没见丈夫的踪影。他竟然神不知鬼不觉地消失了。一夜没合眼的安娜，第二天早晨被一个人用电话叫到甲板上，差一点儿被推到海里去。

那么，她丈夫理查德到底是怎么失踪的呢？正在这艘船上度假的侦探杰克很快查清了此事的来龙去脉。

你知道是怎么回事吗？

抽丝剥茧

安娜的丈夫理查德其实是个结婚骗子，就是该观光客轮的一等水手。为了骗取安娜的2万美元，他使用假名，隐瞒船员身份，同她闪电般结婚。

在码头上，他同安娜一起上舷梯时，穿的是便服，以防暴露身份。二等水手以为上岸的一等水手回来了，怎么也不会想到他是安娜的新郎。所以在安娜向他们询问时，说了那样一番话。如果是船上的一等水手，在船舱的门上贴假号码，更换房间也是可能的。第二天早晨，打电话把安娜叫到甲板上并企图杀害安娜的也是他。

死亡谜案

某官员 E 在他寓所的洗手间里因心脏病发作，突然死亡。他是伏在洗手盆上死去的，当时水龙头还开着，估计他在洗脸时猝然病发，因家中无人，没有及时抢救而导致死亡。

可是 R 警长并不认为事情如此简单，因为官员 E 的私家医生说 E 曾于死前两天去看过医生，检查结果是心脏病有所好转，除非是受到突然惊吓，比如见到大面积血迹，否则不可能发作，因为 E 一向对红色的血过敏。由于这位医生是治疗心脏病的权威，并且耳闻黑社会也有暗害官员 E 的风声，警方觉得 E 的死亡有很大疑点，但是到处观察，并没有发现 E 可能会受到什么恐吓，真是大伤脑筋。

突然，警长灵机一动，想到罪犯有一种方法能使 E 看到血迹，使 E 受惊吓而死，在现场又不留下痕迹。

请你想想，罪犯是用什么方法恐吓官员 E 的呢？

词语百宝箱

猝然　惊吓
权威　风声

抽丝剥茧

打开的水龙头对警长是一个启发。当官员 E 要洗脸时，他拧开水龙头，看到里面流出的不是水，而是像血一样的红色液体——因为他一向怕见血，心脏病又很严重，禁受不住刺激而死去。等人发现 E 死去时，人造血已经流尽了，水龙头流出的只是清水了。

报案人

一天傍晚，某公司经理 A 独自坐在家里，他的朋友 B 打来电话，两个人刚说了几句话，突然 A 家的门铃响了起来。

“请等一下，我先去开门。”

门开了，闯进来一个戴墨镜的家伙，一拳将 A 打倒了。不速之客一句话也不讲，用一根木棒向 A 的头部猛击。A 立刻倒在血泊中，倒下之前只喊了一声“救命！”但声音十分微弱，邻居们谁也不会听到。罪犯奔向保险箱，想窃取里面的钱财。

但出乎罪犯的意料之外，没等他把东西拿走，警察就赶到了现场。

请问警察是怎么知道的？是谁报的案呢？

词语百宝箱

傍晚
不速之客
血泊　微弱

抽丝剥茧

报案者正是和经理A通电话的人。当凶手敲门时，被害者曾在电话中讲：“请等一下，我先去开门。”而对方在等待的过程中，听到话筒中传来“救命”的呼声，就立即向警方报了案。

侦探的破绽

香港某富翁为了寻找失踪的儿子，想雇用一个私人侦探。

富翁对前来应聘的私人侦探 A 说：“我决定是否雇用你之前，先要知道你是不是一个机警的人。”

A 立刻说：“我最大的特点就是机警。”为了证明这一点，他给富翁讲了一个故事。

“两年前的一天，我到郊外的水塘去钓鱼。就在我注视水面鱼漂动没动的时候，突然水面出现了一个影子，正是我的仇人阿七，他曾因为我的揭发而入狱。想不到他出狱以后，仍怀恨在心，企图报复。他手中拿着一把短刀，偷偷地走过来，我故意不作声，正当他靠近我身后时，我把鱼竿向后猛力一挥，鱼钩钩住了阿七，我立刻回身向他挥拳猛击，将他制服。”

富翁听完私人侦探的故事，沉默了一会儿，便说道：“我不喜欢雇用乱吹牛的骗子，你回去吧。”

私人侦探 A 被说得尴尬万分，他实在不知道自己编的故事露出了什么破绽，被富翁一下就看破了。

聪明的读者，你知道其中的奥秘吗？

词语百宝箱

机警　揭发
报复　奥秘

抽丝剥茧

人所见到的池塘水面的倒影，只能是比自己更接近水面的人，但侦探 A 却说阿七在他身后时他看见了倒影，这里有破绽。

同一支手枪

一个星期天的上午，日本名古屋市发生了一起枪杀案。大约两个半小时之后，东京也发生了一起枪杀案。经过警方有关专家鉴定，发现这两起枪杀案中所用的子弹，是同一支手枪射出来的。

凶器既然是同一支手枪，那么应该是同一个凶手吧。他先在名古屋杀了人之后，又赶到东京去杀人。警方根据这样的推理，结果却迟迟破不了案，始终找不到真凶。

最后，警方终于将凶犯逮捕，原来他们是兄弟两个人。在名古屋杀人的是哥哥，在东京杀人的是弟弟。最令警方困惑不解的是：案发时哥哥一步也没离开过名古屋市，而弟弟也一直待在东京。那么在这短短的两个半小时内，兄弟俩到底是如何传递作案手枪的呢？要注意，他们绝没有让第三者帮忙把手枪带到东京。

词语百宝箱

困惑不解

传递

抽丝剥茧

在名古屋的哥哥作案后，立刻赶到名古屋车站。把枪放在皮包里，然后把皮包放在新干线快速列车的行李架上。弟弟在东京车站等候，列车一进站，他马上把放在行李架上的皮包拿走。哥哥事先从名古屋打电话告诉他，皮包放在第几号车厢的行李架上。

电话的玄机

逃到英国的D国情报机关某要人被发现死于安全机关秘密招待所的房间内。

这位要人已双脚残疾，经常坐在轮椅上，而且，由于他曾遭人暗杀，导致双目失明。因为他对D国的情报机关了如指掌，所以他叛逃后，成为D国特工人员暗杀的目标。

为了保护这位要人，警方决定把他安置在这一秘密住处内。而且，事先又在房间内认真检查，证实外人确实没有办法进入后，才让他住进来。谁知，这位要人刚刚住进来，就死于房内。他死时正在打电话，子弹是从嘴里射进去的。

英国安全局对此进行了调查，了解到案发前只有清洁工和电话局修理电话的人员进过房间。根据这一线索，终于找到了凶手和行凶的办法。

请诸位读者来破这个案子吧。

词语百宝箱

秘密

了如指掌

安置

抽丝剥茧

凶手是装扮成电话局修理工的D国特工人员，他将电话进行改装，在受话器的上面装了一段钢管，管里放有一粒子弹，后面是一条能发热的导线，开关则装在握手处，这位要人拿起电话时，开关即引起导线发热，而令子弹射出去。

炸药的秘密

黑社会某大头目D因为与另一派系争夺地盘，关系搞得十分紧张，他处处小心，严加防范，就连练习高尔夫球也尽量在人少的时候去。

这一天，下着毛毛雨，球场上一个人都没有。D到达后，命令手下人都分散在球场外负责保卫，他不要陪练员和球童，一个人在场地里练习。

大家都没有注意场上的情况，突然间球场上发出一声巨响，D的手下回头一看，只见D已被炸得血肉横飞，倒地死亡。

令人不可思议的是：现场只有他一个人，球场工作人员保证说，凶手绝无机会在场内地上安设定时炸弹一类的东西，更不会有人从场外扔进手榴弹将D炸死。

那么，炸药到底藏在什么地方了呢？

词语百宝箱

争夺　防范

分散　保证

抽丝剥茧

罪犯将烈性炸药装进高尔夫球内，毫不知情的D只要猛力一击，炸弹就会立刻爆炸。

不知所踪的火车司机

从A市到B市的一列货车，晚点了几分钟进入车站。该次列车的司机助手D从蒸汽机车头上跳下来，径直找到站长，向他报告说:“司机E突然精神病发作，由急驶的列车上跳下跑了。”

站长听了大吃一惊，立刻和A市联系，派出路警沿铁路寻找，却根本未发现司机E的踪影。由于当天早晨曾下过雨，如果司机E跳车，肯定会留下痕迹，但现在却连半个脚印都没发现。警方由此怀疑到司机助手D，但是，他能把E藏到什么地方呢？火车在途中未停过，从A站出发时，E又确实是在车上。

词语百宝箱

急驶　寻找
踪影　痕迹

抽丝剥茧

司机E被助手D杀死后，尸体被丢进蒸汽机车的锅炉中烧成了灰，因此才无处寻找。

海边疑案

生物学家A为了研究海洋浮游生物，借宿在加拿大芬迪湾海边断崖上的一间小屋里。芬迪湾是世界上著名的涨落潮差最大的地方，潮水能涨高到15米。

这一天凌晨，正当A在熟睡之中，位于A床头上方的架子突然掉落了下来，A的头部被打破，A因流血过多而死亡。直到上午8点多钟，人们才发现A死在小屋中，同时有人注意到停泊在断崖下的A平时用的小艇也不见了。

经过警方的周密调查，发现架子掉落不是偶然事故，而是有人借此谋杀A。据警方分析，疑点最大的是和A在一起工作的B，他谋杀A的动机是要剽窃研究成果。但是B却有案发时不在现场的证明，他晚上10点左右离开海边去镇上，直到第二天中午才回来。尽管如此，聪明的警察最终还是调查出了B是借助当地的地理特点谋杀的A。

你能猜出事情的真相吗？

词语百宝箱

停泊　周密

剽窃

抽丝剥茧

芬迪湾的潮水涨落差特别大，是全世界潮水涨落差最大的地方，罪犯B正是利用了这一特点。他在10点之前将系船的绳子系在架子上，到了后半夜海水退潮后，船就悬了起来，由于船很重，于是将架子拉倒砸死了A，船落入大海随落潮漂走了，而B也因此有了不在场的证据。

鸟的羽毛

阿严是某大公司的总裁。最近，报纸登出这家大公司已濒临破产，消息传出不久，阿严即告失踪。两天以后，他被发现倒毙在他郊外的别墅之中。

经过调查之后，警方相信阿严是被刀片割破喉咙而致死的。阿严死前曾经购买了巨额的人寿保险，保险中规定：如果阿严死于意外，或者被谋杀，都可以获得赔偿，受益的是他的夫人；但是如果死于自杀，则不可能获得赔偿。

词语百宝箱

濒临　赔偿

警方认为阿严是死于自杀，但令警方困惑的是，在房间中找不到他割喉咙的刀片。按照常理，用刀片自杀之后不可能还有力气把刀片藏起来。但警方仍然怀疑阿严企图布下被杀的骗局，以骗取巨额保险。

最后，还是一个细心的警察在屋子里发现了几枚鸟的羽毛，这问题才迎刃而解。这是为什么？你也猜到了吗？

词语百宝箱

细心
迎刃而解

抽丝剥茧

阿严制造骗局的关键是利用了一只鸟。他把刀片用细绳系在鸟的脚上，自杀以后，鸟由窗口飞出，带走了凶器。

凶器之谜

职业间谍F腹部被刺身亡，光着身子死在蒸汽浴室内。从他的伤口判断，是被短刀之类的凶器所杀，但是在这宛如密室的蒸汽浴室内，绝无任何凶器。F是和他的朋友E一同入浴的，当时E的手中只拿着一个保温瓶。E洗了一会儿后曾出来接过电话，回来时发现F已被刺身亡。这一切都有服务员目击做证。但说来说去还是E的嫌疑最大，但是他进出都是光着身子的，手里肯定没有凶器。保温瓶完好无缺，没有破碎。如果用保温瓶装凶器，作完案后凶器绝没有地方可扔。

词语百宝箱

判断　宛如
嫌疑　破碎

E到底是用什么凶器作的案？作案后又将它藏到什么地方去了呢？

抽丝剥茧

凶器是用冰做成的短刀。由于腹部比较柔软，即使是冰做的短刀也能将人刺死。冰刀是E藏在保温瓶里带进去的，因为浴室里温度很高，作案后几分钟冰刀就会化成水，所以到处都找不到凶器。

杀人的毒蜂

某天清晨，一名少女被发现死在一辆汽车内，车门和窗户都关得严严的，车里面有只毒蜂飞来飞去，少女就趴在方向盘上。

根据警方调查，使少女致死的正是这只毒蜂的毒液，这是当地一种很厉害的毒蜂。但负责此案的警官经过全面调查，却认为这个少女是死于谋杀，因为其中很重要的一个原因，就是这种毒蜂虽然厉害，却不至于使人丧命。可是，这名少女为什么会死呢？警官向专家请教了有关的医学问题，终于发现凶手谋杀的方法，并顺利地破解了此案。

事实上，凶手还真是有很渊博的医学知识呢！他是某医院的主任医师，因为和少女发生了情感争执，所以杀了她。那么他是用什么手法杀人的呢？

词语百宝箱

飞来飞去　破解

渊博

抽丝剥茧

凶手是利用人体的过敏现象杀人的。

由于人体内或多或少都有轻微过敏现象，如果把某种特定动物的分泌液注射进人体内，经过一段时间之后，再把同样成分的分泌液注入人体内，就会引发人的过敏现象，严重的能导致休克甚至死亡。

凶手正是利用这种人体特征，提前把毒蜂的毒素注入死者体内，几天后，再把毒蜂偷偷放入车内，受害者被蜇后，因过敏反应而导致死亡。

两声巨响

一天，一艘豪华客轮航行在大西洋上，突然触礁沉没了。

事前，这艘客轮曾经保有巨额航海险。客轮失事后，承保的保险公司理应负赔偿之责，但在赔款之前，仍然需要对失事的经过、原因等进行详细的调查。

保险公司请求王科长办理此案，但王科长正在办理另一起案件，就委派助手小李办理。

小李先向一位幸存的女旅客调查。女旅客说：“客轮触礁后，我便登上救生艇离开了现场。远远望去，那艘豪华客轮正在逐渐下沉，大约隔了45分钟后，突然听到‘轰’的一声爆炸，轮船便完全沉没下去了。”

小李又问了好几位救生艇上的旅客，他们都异口同声地回答。

后来又问到一位逃生的男旅客，他的答复却与众不同。他说：“客轮触礁后，我因善于游泳，便独自跃入水中，向数里外的一座小岛游去。我一会儿仰游，一会儿俯游，大概游了一里多路程，便听到一声巨响，看到轮船开始沉没。大约再隔数秒钟后，又听到第二次爆炸声……”

“第二次爆炸声，你确定听清楚了？”小李接着问。

“是的，我确定先后听到了两次巨响。”

“你能断定这不是回音吗？”

“不是。假如是回音，应当大家都能听到。”

“真怪，为什么大家只听到一声巨响，唯独他能听到两声巨响呢？”小李觉得事必有因，顿时觉得案情复杂，难以定案，就暂时告别保险公司经理，回去

词语百宝箱

幸存　沉没　回音

向王科长汇报案情。

王科长听了小李的汇报，手摸着下巴，略一思索，然后笑道："救生艇上很多旅客只听到一声巨响，固然很对；但唯独那位游水逃生的男旅客，先后听到两声巨响也是不错的。此案就按我说的办就是了……"

小李听后，仍然不解其意，他摸着脑袋，急着要求王科长解释缘由。

请问，王科长要说的理由是什么呢？

抽丝剥茧

声音在水中的传播速度比空中快5倍，游水逃生的男旅客在水里时听到传得快的爆炸声，之后又听到在空中传来的比较慢的爆炸声。

神秘的绑架案

某董事长的孙子被人绑架了，犯人要求索取1000万元的赎金。

犯人以电话指定："把钱用布包起来后，放进皮箱。今晚11点，把皮箱放在M公园的铜像旁的椅子下面。"

为了保住爱孙的性命，董事长就按照犯人的指示，把1000万元的钞票放进箱子里，然后拿到铜像的椅子下。

到了11点左右，来了一位年轻的女性。她从椅子下面拿了皮箱后就很快地离去了，完全没有注意到埋伏在四周的警察。

那个女的向前走了一段路后，就拦下了一辆恰好路过的计程车，而埋伏在那里的警车，立刻就开始跟踪。

不久后，计程车就停在S车站前。女子手上提着皮箱

词语百宝箱

索取　埋伏

从车上下来，警车上的两名刑警马上跟着她。

那个女子把皮箱寄放在出租保管箱里，就空着手上了月台。其中的一位刑警留下来看着皮箱，另一人则继续跟踪她。

但是很不凑巧的是，就在那个女子跳进刚驶进月台电车的一刹那，车门马上就关了，于是刑警无法继续跟踪她。

那个皮箱还被锁在保管箱里，她的共犯一定会来拿的。刑警们这么想着，就更加严密地看守那个皮箱。

但是，过了好久，都不见有人来拿，于是警方觉得不太对劲，便叫车站负责的人把保管箱打开。他们拿出箱子一看，里面的1000万元已经不翼而飞了。

你知道钱怎么不见了吗？犯人又是谁呢？

抽丝剥茧

犯人其实是计程车司机，那名女子事实上和绑票并没有任何关系，她只是受司机之托，从公园把皮箱拿走而已。

计程车司机把里面的钱拿出来之后就把空的皮箱交给那名女子，拜托她放在车站的保管箱里，当然他也给了那女子一些酬劳。

被偷的狗

一向粗心的猎人 D 在院子里用钢板和钢筋焊了一个十分牢固的狗舍，在里面养着一条十分名贵的大狼狗。

有一天，D 全家去城里，为防止狼狗伤人，特意将狼狗锁在狗舍里。到城里之后，D才想起来忘记给狗留下吃的，但等他们晚上回来一看，狼狗却不见了。奇怪的是锁还是牢牢地锁在狗舍的门上，狗舍的钢板和钢筋也都没有被破坏的痕迹。请你想一想，狗是怎么被偷走的呢？

抽丝剥茧

狗舍虽然很坚固，但是并没有底，而是直接放在地面上，所以小偷只要把狗舍抬起来，狗就可以从里面出来，然后再把狗舍放下，这样，一点儿痕迹都不会留下。当然，小偷事先要把藏有麻醉剂的肉给狗吃，等狗昏倒后再动手。

电话号码之谜

某国反间谍人员彼得受命跟踪潜入本国的某国间谍。彼得的任务是要查出这个间谍和谁接头。跟踪了几天，都没发现线索。一天，彼得见到该间谍走入一个公用电话亭内，准备打电话。彼得相信，他要用电话和同伙联络，如果能够得到这个特务的联络电话号码，将获得一条十分重要的线索。

于是，彼得立即装成也要打电话的样子，站在电话亭外等候，并乘机向内张望，可是，这个间谍也十分机警，他用自己的身体遮住了自动电话机的拨号盘，使外面的人无法看到他打的号码。彼得在亭外虽然看不到拨电话，但是可以听到拨电话的声音，于是立即用录音机录下。

事后，彼得根据录下的声音，查出了电话号码。请问，他是怎么做到的？

抽丝剥茧

只要根据拨号盘转动声音的长短，自己再计时做试验，就可以推断出电话号码。

路畔谍影

在一个深夜，秘密情报员108以相距五六十米的距离，跟踪敌方的间谍。突然，对手快速地转了个弯。他急忙跟过去，却发现那个间谍不见了。

现场只有一条笔直的道路，路上有一个井盖，而两侧是高耸的绝壁，他绝不可能攀登峭壁逃走。

那么，这个间谍究竟是如何消失的呢？

抽丝剥茧

敌方的间谍躲在井盖下。

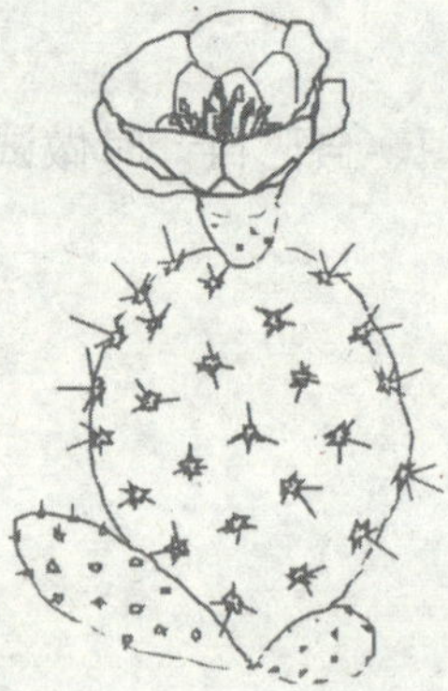

第四章

斗智风云

在奸诈的恶人面前，在完美的伪装面前，需要有机智的头脑和锐利的双眼，来克敌制胜。面对危机，面对困局，多思多虑，让智慧的火花燃烧整个大脑。

被劫持的化妆师

一个小伙子冒充是送电报的，进了电影制片厂大化妆师的家。他从腰间抽出一把匕首，说："如果您老老实实按照我说的去做，就不会伤您半根毫毛，只要施展一下您的手艺就行了。要一下手艺不会缩短您的寿命吧？"

这位日本著名女化妆师的化妆技术很高明，墙上挂着的几张电影明星的剧照，就是经过她化妆后拍摄的，可算得上是艺术佳品：瞧，那个40岁的男演员，经过她那双灵巧的手化妆，就变成了一位20多岁的青年小伙子；旁边的那一位，本来是眉清目秀的姑娘，现在却成了白发苍苍的老妪；另外，还有一张男扮女装的演员剧照，不管从哪个角度看，都看不出半点破绽。

词语百宝箱

眉清目秀
白发苍苍
破绽　黝黑

此时，那个青年人凶恶地说："我进监狱已经将近半年了，监狱生活，真叫人难受。今天，我逃了出来，可不愿意再回到那鬼地方去了，我要请您把我的脸化妆一下！"

大化妆师朝他手里的匕首瞥了一眼，顺从地说："那么，你准备化装成什么模样呢？有了，把您化装成一个女人，行吗？"

"不行，脸变成女人，以后一切不太方便。还是想个办法，把我的脸变个样子就行了。"

"那好办，把您变成一个面目可憎的中年人，行吗？"

"行。"

一会儿，镜子里映出了一张肤色黝黑、目光凶狠的中年男子的脸。

“怎么样，这模样满意吗？”

“不错，连我自己都认不出来了。”

逃犯把大化妆师捆了起来，又拿一块毛巾塞住了她的嘴，然后带着一张变形的脸，推开门走了。

过了片刻，一群警察来到大化妆师的家，替她松绑，对她说：“多亏您帮忙，我们才把这个家伙捉拿归案。您受苦了！”

化妆师说：“我也在祈祷，希望尽快把逃犯缉拿归案。不过，那个家伙无论如何也不知道自己怎么会被抓住。”

你知道罪犯怎么会这么快就被警察抓住的吗？

抽丝剥茧

女化妆师是仿照一个通缉犯的照片来化妆的。她把通缉犯的脸形移到这个逃犯的脸上，所以警察一下子就盯上了他。

狗咬的伤口

有一天，阿秀正在家里看书，一阵急促的门铃声把她惊动了，她赶紧去开门。走进来的是隔壁的泼妇西凤，她是个臭名昭著的恶妇人。只见她气势汹汹地指着阿秀姑娘，说道：“你太可恶了，把自家的狗放出来咬人！”

阿秀莫名其妙，因为她家的狗从来不咬人，而且今天一直蹲在姑娘脚边没出屋。于是，阿秀问西凤道：“什么时候咬的？咬了哪里？”

西凤说：“就在刚才经过你家门口时。”说着

词语百宝箱

臭名昭著　气势汹汹

把她的裙子拉了起来。果然，在膝头处有一个破口，像是被什么动物咬的。

阿秀是个爱动脑筋的姑娘，当她看过西凤的伤口后，十分肯定地说：“你在撒谎，这伤口不是我家狗咬的。”接着阿秀说出了证据，西凤被说得哑口无言。

你知道阿秀的证据是什么吗？

抽丝剥茧

如果是狗咬伤了西凤，她伤口附近的衣服不可能完好无缺。

克里斯蒂遇强盗

热闹非凡的生日晚宴直到凌晨2点才结束。“夜深了，你这么孤身一人回去，我们可不放心。要不，让我们送你回去吧。”朋友夫妇热情地招呼车辆，要一起送阿加莎·克里斯蒂回家。

“谢谢，你们也很累了，不用送了。况且，我本身就是个侦探小说家嘛，难道还会怕盗贼？”

阿加莎·克里斯蒂笑着拦住朋友夫妇，独自匆匆地上路了。

这位英国女作家确实写过数十部长篇侦探小说，如《东方快车上的谋杀案》《尼罗河上的惨案》等，塑造了跟著名侦探福尔摩斯一样驰名全球的侦探赫尔克里·波洛的形象。可是，谁会料到，今天晚上，她本人真的遇到了抢劫案。

当她独自一人走在那条又长又冷清的大街上时，突然，在一幢大楼的阴影处，冲出一个个子高大的男子，手持一把寒气逼人的尖刀，向阿加莎·克里斯蒂扑了过来。阿加莎·克里斯蒂知道逃是逃不了了，就索性站住，等那人冲上来。“你，

词语百宝箱

非凡　塑造

驰名

你想要什么？”阿加莎·克里斯蒂显出一副极其害怕的样子问。

“把你的耳环摘下。”强盗倒也十分干脆。一听到强盗说要耳环，阿加莎·克里斯蒂紧锁的眉头舒展了。只见她努力用手护住自己的脖子，同时，她用另一只手摘下自己的耳环，并一下子把它们扔到地上，说：“你拿去吧！那么，我现在可以走了吗？”

强盗见她对耳环毫不在乎，而是力图用手遮掩住自己的脖子，显然，她的脖子上有一条值钱的项链。他没有弯下身子去拾地上的耳环，而是又下达了命令：“把你的项链给我！”

“噢，先生，它一点也不值钱，给我留下吧！”

“少废话，动作快点！”

阿加莎·克里斯蒂用颤抖的手，极不情愿地摘下了自己的项链。强盗一把抢过项链，飞也似的跑了。阿加莎·克里斯蒂深深地舒了口气，高兴地拾起了刚才扔在地上的耳环。

她为什么高兴呢？

抽丝剥茧

她保护项链是假，保护耳环是真，她在设法把强盗的注意力从耳环上引开。因为她的钻石耳环很宝贵，而项链是玻璃制品。

间谍肯尼

机智的间谍肯尼，为了搜集情报，混入了K国举行的一个外交集会。

肯尼伪装成一个记者，他背了照相机和闪光灯，利用伪造的证件潜入会场。

就在他不停拍照的时候，一名K国保安人员向他走过来。他对肯尼说："把你的证件给我看看。"

肯尼拿出证件，那个保安人员细心地看了一会儿，突然严肃地说："你的证件是伪造的，你到底是什么人？"

词语百宝箱

机智　搜集
暴露　迷惑

保安人员边说边伸手从衣袋里掏出手枪。

肯尼知道自己的身份已经暴露，必须立即逃走，好在他站的地方离大门十分近，但如果就此转身，对方只要一开枪，自己就会被击中。怎么办呢？

你能帮他想出一个迷惑对方，争取时间逃走的办法吗？

抽丝剥茧

只要用闪光灯向对方的眼睛闪一下，使对方暂时看不见东西，就可以趁机逃走了。

起诉时间

康妮小姐因车祸失去了四肢，撞倒她的是美国“全国汽车公司”制造的汽车。在法庭上，尽管有三个目击者证实：虽然司机踩了刹车，但汽车没有停住，而是后部打了个转，把人撞倒了。但全国汽车公司的律师马格雷先生利用警方所掌握的刹车痕迹等许多证据，还是巧妙地推翻了这些目击者的证词。

而康妮小姐却说不清是她自己在冰上滑倒的，还是被卡车后部撞倒的，只知道自己被卷进卡车底下，碾碎了四肢和骨盆。就这样，她败诉了。

纽约大名鼎鼎的律师詹妮芙·帕克小姐决定出庭为康妮小姐辩护。通过全国计算机中心查明：该汽车公司，近五年来共出过五次车祸，原因全都一样——产品的制动系统有缺陷，急刹车时，车子的后部会打转。随后她又设法搞到该公司卡车生产方面的全部技术资料，做了细致的研究。

詹妮芙找到全国汽车公司的律师马格雷先生，向他指出：在上次审理过程中，马格雷隐瞒了卡车制动装置存在的问题，而她将根据新发现的证据，以对方隐瞒事实为理由，要求重新开庭审理。

马格雷愣了一下，马上问她：“那你希望怎么办呢？”

詹妮芙说：“我希望能找到一种合理的解决办法，稍稍弥补一下那可怜的姑娘所遭受的损失。汽车公司得拿出200万美元给那位姑娘。但如果你逼得我们不得不去控告的话，我们将要求500万美元的抚恤金。”

马格雷说：“好吧！明天我要去伦敦了，一个星期后回

词语百宝箱

碾碎 细致
弥补 可怜

来。到时候，我也许会做出某种安排的。”

谁知到了约定的那天，马格雷却让秘书打电话给詹妮芙，说他整天开会，无法脱身，请她原谅。詹妮芙忽然想起诉讼时效的问题，一查，康妮案件的诉讼时效恰好在这一天届满。她知道自己上当了，但她还是给马格雷打了个电话。

马格雷在电话里哈哈大笑说：“小姐，诉讼时效今天过期了，谁也无法控告我啦！请转告你的当事人，祝她下次交上好运。”

詹妮芙气得浑身发抖，她抬头看了看墙上的钟，已经是下午4点了。如果上诉，必须赶在5点以前向法院提出。她问秘书：“你准备这份案卷需要多久？”

秘书说：“需要三四个小时。”

“全国汽车公司不是在美国各地都有分公司吗？我们在旧金山对他们提出起诉，以后再提出需要改变审判的地点，那里现在是下午1点钟。”

“来不及了。文件都在我们手上，即使我们在旧金山找到一家律师事务所，向他们扼要地说明事实，再由他们草拟新文件，也绝不可能在5点钟之前完成。”

詹妮芙急中生智，终于想出了一个好办法，为诉讼赢得了宝贵的时间。最后的结局是：詹妮芙小姐胜诉，全国汽车总公司赔偿康妮小姐600万美元。

你知道她想出了什么办法吗？

抽丝剥茧

她想到把起诉起点往西移，隔一个地区就差一个小时。夏威夷与纽约差5个小时。在夏威夷控告，就能赢得半天的控诉时间。

化装术

明智站在国际机场的入境处，眼睛睁得像铜铃那么大。

根据情报，在夏威夷进行国际贩毒活动的毛姆即将入境。

毛姆很会化装，他在夏威夷时，留着满脸大胡子，那模样就连熟人也认不出来他。

明智拿着毛姆的照片准备逮捕他。入境的人相当多，却未发现毛姆。

最后，明智发现有三个人特别可疑：其中一个下巴贴了一块胶布，留着日本八字胡，戴着太阳眼镜；另一个穿着夏威夷的花衬衫；最后一个没有留胡子，下巴却白得有些不自然，而且目光十分锐利。

明智歪着头，想了一会儿，然后微笑着接近其中一位。

“毛姆，我在这儿等你多时了……”

请问，究竟哪一位是毛姆呢？

词语百宝箱

模样　自然
锐利　微笑

抽丝剥茧

毛姆就是那位目光锐利的先生，由于夏威夷的阳光非常强烈，把毛姆晒得很黑，但他刮过胡子的下巴没晒过太阳，所以比较白。毛姆没注意到这一点，被明智一眼就识破了。

水的疑问

在炙热的沙漠中，一辆越野车急速行驶着。车上是加里森敢死队的几名队员和他们俘虏的一名德国将军。这名德国将军知道很多军事秘密，加里森他们急于越过沙漠，把他送回到情报部门去。

由于天气特别热，车上一点儿饮水都没有，德国将军受了伤，再加上长途颠簸，就昏了过去，嘴里喃喃地说道："水……水……"

加里森说："如果我们再找不到水，他可能就活不了多久了。"

几名队员舔舔干裂的嘴唇，异口同声地说道："水？哪里还有水呀！从昨天就一滴水都没有了。"

加里森也被难住了，他沉思了片刻，突然说："不，我们还有水！当然不能说很好喝，但总还算是水。"他停下车，喂给德国军官一些水。

但是沙漠里确实一滴水也没有，加里森是怎么喂德国将军水的呢？

词语百宝箱

炙热　俘虏
颠簸
异口同声

抽丝剥茧

越野车既然能在沙漠中奔驰，说明水箱里肯定有水，当然水箱里的水不会太好喝，有很多水垢，味道也不好，但毕竟能救德国将军的命。

遗产

阿花的叔父是世界上最著名的画家之一，因为他自己没有子女，所以把阿花看作自己的亲生女儿一样。叔父知道自己将不久于人世，所以在去世前将一个信封交给律师，嘱咐他在自己去世后，将这个信封交给阿花。

过了一个月，叔父去世了。律师将叔父的信封交给阿花，说里面是叔父留给她的价值连城的遗产。可是，阿花接过信封一看，里面什么也没有，只有一张以花草为背景的信纸，上面是叔父的签名和日期。阿花满脑子疑问，不明白叔父的意思。

词语百宝箱

花草　背景
签名

聪明的读者，你可否猜到阿花的叔父留下的价值连城的遗产是什么吗？

抽丝剥茧

那张信纸就是价值连城的遗产。因为阿花的叔父是世界著名的画家，而信纸上的花草背景是他叔父亲笔所画，并且这是他一生中最后的一幅作品，因此也就格外贵重。

红薯的分法

一个农民在临死时立下遗嘱，将仅有的十五个红薯分给他的三个儿子：大儿子可得全部的二分之一，二儿子可得剩下的三分之一，三儿子得剩余部分。

可惜的是三个儿子一向关系不好，都十分计较，半个红薯很不好切，每个人又都一定要得到自己应得的一份，为了此事，三个人争执不休。

词语百宝箱

可惜
争执不休
考验　智慧

后来，事情吵到村主任那里去了，村主任觉得农民将红薯如此分配，是想考验三个儿子的智慧，并希望他们兄弟和好。

不到两分钟，村主任就想出一个好办法，这办法可以使他们三个都得到自己的那一份，不会因分得不公平而争吵。村主任是怎样分配的呢？

抽丝剥茧

村主任的办法是将红薯烧成红薯粥，这样就可以按应得的份来分。

飞机的困境

某国研究出一种最新型喷气战斗机，这种战斗机威力巨大，是一种十分先进的武器。

但是，这件事被敌国的间谍知道后，暗中收买了一个高级驾驶员，将这架飞机偷偷地驾走送到敌国去了。

国防部对飞机被盗事件十分紧张，立即派出本国最出色的间谍费加，要求费加潜入敌国，一定要把飞机驾回本国来。

费加真有办法，他顺利地打探到藏飞机的地方，并且趁人不备，偷偷地潜上飞机，然后把飞机驾走。可是，当他在返国途中时，却发现飞机没有油了，他被迫降落在一个荒芜的山村，这个山村非常落后，连电都没有，村民们都是点煤油灯照明的。村子里没有一辆汽车和拖拉机，只有马车。费加该怎么办呢？请你快给他想想办法吧。

词语百宝箱

巨大　先进
出色　荒芜

抽丝剥茧

费加可以向村民借煤油，因为煤油也可以使飞机飞行。

老猎人和逃犯

一位老猎人孤独地住在大森林里。他本来是个强壮的汉子，因为几年前误踩到一个装有铁齿的捕熊器上，伤得很厉害，又因是独自一人住在森林里，没能得到及时治疗，腿脚活动很不便，他只能改为养蜂。熊是很喜欢吃蜂蜜的，所以老人在他的住房周围，挖了一道道陷阱，还装有捕熊器。

有一天，两个被通缉的逃犯跑到森林里来，正饥渴难耐时，发现了老猎人的房子。他们走近一看，这位猎人正在装设陷阱。他们轻手轻脚地靠近后，其中一个人飞起一脚，把老猎人踢到陷阱中，只听老猎人大叫一声，一条腿已被捕熊器夹住了。两名逃犯很是高兴，以为老猎人这一下非伤即死，立即闯进房子里找寻吃的东西。当他们正得意忘形地喝酒吃肉时，房门突然打开了，老猎人手持猎枪对着他们。

词语百宝箱

强壮　厉害

轻手轻脚

得意忘形

请你们想想，老猎人为什么这么快就从捕熊器中逃脱，并且抓住了逃犯呢？

抽丝剥茧

老猎人曾被这种厉害的捕熊器夹坏了腿，并且未得到及时治疗，造成现在行动不便，不能再打猎了，很可能是装上了假腿。这次被夹的应该就是这条假腿，所以他才能从陷阱中爬上来对付两个逃犯。

越狱疑团

B国有座防卫森严的监狱，监狱周围砌有30米的高墙，墙上装有高压电网，犯人不可能越墙而逃。

不过，在一个没有月光的漆黑夜晚，却有一名囚犯成功地逃走了。这名囚犯是一位正直的律师，因为敢于仗义执言而被陷害入狱，很多热心人都在策划救他出狱。

词语百宝箱

森严　正直
仗义执言
策划

律师越狱是有人接应的。他用外面偷偷送进来的铁锉锉断了囚窗的铁棍，再用床单结成绳子逃出牢房。但是，令狱卒们奇怪的是，律师的脚印一到监狱中央的广场上就消失了。附近不可能有地道，唯一能逃走的出路是空中。但是，那天晚上，没有人听见直升机的声音，可想而知直升机的动静是相当大的。你能猜出律师那些热心的朋友是用什么方法把他救离监狱的吗？

抽丝剥茧

律师的朋友把热气球漆成黑色，热气球下方垂一条黑绳，计算好风向，约定时间在监狱外把热气球升空，待热气球飘到广场中央时，律师抓住绳子便可随之升空。

钟楼妙计

亨利中士带领的一队士兵在小镇上遭到德军的狙击。德军在教堂的钟楼上堆满沙袋，机关枪架设在沙袋上，因为钟楼是这一地段的制高点，亨利的士兵被机枪的火力压在一小段矮墙的后面，根本无法抬头。德军狙击手的枪法十分精准，稍有不慎就会丧命。

“糟糕！这样很容易会被敌人消灭！”亨利骂道。他甚至看不到钟楼上有多少敌人，只能看到上面的大钟，他突然心生一计。结果这个妙计终于把大家都救了。

他用的是什么方法呢？

词语百宝箱

狙击　地段
稍有不慎
心生一计

抽丝剥茧

亨利命令部下一齐射击目标极为显著的大钟，这样一来，大钟会发出巨大的声响，德军士兵受不了震耳欲聋的钟声，只好从钟楼上下来。趁此机会，就可以冲出敌人的火力范围。

飞机上的炸弹

由夏威夷开往纽约的班机起飞后，机场接到一个恐吓电话。

“刚才起飞的那班客机，机上的乘客都是我们要消灭的对象。所以，我们已在这架飞机中安装了炸弹，当飞机起飞

词语百宝箱

恐吓　消灭

10 分钟后，炸弹就会自动启动；若飞机降到 2000 米以下的高度时，这枚炸弹就会自动爆炸。到时候……哈哈，有好戏看啦！”

词语百宝箱

不知所措
着陆

飞行员听完控制塔的消息后，不知所措。当时飞机是在离地面 10000 米的高空飞行，暂时还不会有问题，但是飞机不能永远不降落呀，再说，如果燃料用尽，还是……

然而，那位飞行员突然想到一个安全的降落方法。于是他改变了航线，继续飞行。最后，飞机安全着陆，安全特工在飞机尾翼部分找到了那枚炸弹。

机智的飞行员是如何避免这场可能发生的灾难的呢？

抽丝剥茧

如果飞机降落在低于 2000 米的机场，就会发生爆炸，但是，如果飞行员飞到地势高于 2000 米的国家，降落在它们的机场上，那就安全了。例如，墨西哥就是位于海拔 2200~2300 米高原上的国家。

皇帝的旨意

某朝，有一位大臣，刚直不阿，才华出众，敢于当面和皇帝争论，为民请命。为此，皇帝心里十分恼火，每每想置他于死地，只是因为找不到借口而一直未能如愿。

一天，在百官上朝的时候，皇帝突然心生一计，对这位大臣说：“朕深知你才华横溢，出口成章。现在朕说一句话，你作一句诗，作得好，自有重赏；作得不好，杀无赦。”

词语百宝箱

才华横溢
出口成章

这位大臣不动声色地应道：“陛下请说。”

皇帝扬扬得意地说："昨晚宫中妃子生了孩子。"这位大臣随即吟出一句："昨夜宫中降金龙。"皇帝一听，没有好气地说："什么金龙。是个公主。"大臣笑而应曰："化为嫦娥下九重。"皇帝又说："这孩子已经死了。"大臣不慌不忙地又吟道："料想人间留不住。""胡说！"皇帝厉声吼道，"朕已令人把她扔进荷花池了。"谁知，大臣出人意料地来个急转："翻身跃入水晶宫。"

词语百宝箱

恼羞成怒
急中生智

听到这里，满朝文武百官暗暗叫好，只不过碍着皇帝的淫威，不敢作声罢了。

皇帝恼羞成怒道："你是大学问家，必定知道这么两句话：君叫臣死，臣不敢不死；父叫子亡，子不敢不亡。如今，朕令你即刻投水而死！"

大臣听罢，无可奈何，只得退下宫殿，向湖边走去，刚刚准备往下跳，突然急中生智，拔腿往回跑。到了殿上，皇帝见了，拍案而起："你竟敢违抗圣旨！"

"万岁，臣不敢违抗圣旨，只是臣在湖边正要投水时，古代楚国忠臣屈原却从水中出现，对我说了几句话，我不知该怎么办好，特来请圣上明示。"

"什么话？快快讲来。"

这位大臣究竟说了些什么话，才使皇帝听后哑口无言，使大臣免遭"灭顶"之灾呢？你能猜出来吗？

抽丝剥茧

这位大臣说："陛下，臣刚才正准备投水，突然屈原从水中出现，他怒气冲冲地对臣说：当年我投汨罗江，是因为主上昏庸，山河破碎，如今国泰民安，君王圣明，你不思尽忠报国，却来投江自尽，是何道理？因此，臣将这番话禀明陛下，如果陛下认为我应该投水，我再去投水自尽不迟。"

证 据

有一天晚上，A 正在办公室里独自饮酒，突然有个汉子闯了进来。

“别动，我要杀死你！”

说着，那汉子拿出了手枪，马上就要扣扳机，A 却若无其事地说：“先等一等，我想知道是谁叫你来杀我的。”

“这个……你不必问，那人要付给我一大笔钱。”

“那么，我出 3 倍的钱，买自己的命，你看如何？”

这汉子一听 A 要出 3 倍的钱，心动了。

A 又倒了一杯酒，说：“来一杯吧，我说话算话。”

那汉子接过酒后一饮而尽，但手中的枪仍然对着 A。

A 指着保险柜说：“钱就在柜子里，你……”

“你自己打开它吧……不！慢点儿，那里面有枪吗？”那汉子问。

“绝不可能！再说你可以自己把钱拿出来。”A 边说边打开保险柜，那个汉子把一叠装有钞票的信封拿出来。当那人在看信封中有多少钞票时，A 把保险柜的钥匙和酒杯放进保险柜里面，然后关上了保险柜的门。

A 立即转身对那汉子说：“信封里没多少钱，但你现在不敢杀我了。如果我死了，警方会立即把你拘捕，因为保险柜里锁着你留下来的重要证据。”

那汉子先是一愣，然后要发火，但最终还是乖乖地溜走了。

请你想想，保险柜中锁着什么证据呢？

词语百宝箱

若无其事

如何　仍然

拘捕

抽丝剥茧

A把玻璃杯和钥匙锁进保险柜，玻璃杯是重要的证据，因为那人的指纹和唾液都留在玻璃杯上，这就能使警方很快破案。

报时鸟

星期六下午，一个建筑公司的老板被发现死在别墅里。

被害人在死前似乎进行过激烈的反抗，台灯、烟灰缸、花瓶、电话掉了一地，就连墙上的挂钟也掉在地上，发条停止了，指针也碰掉了。被害人大约是两天前死的，死亡的时间据法医推测是星期四的晚上。

“如果挂钟的指针没有掉的话，就能知道准确的作案时间了……”公安人员拾起地上的指针，遗憾地说。他把钟挂到墙上，突然齿轮又开始转动了，原来钟的机芯部分并没有损坏，只是掉下来时齿轮被地上的东西卡住了。

词语百宝箱

激烈　遗憾
转动　可爱

“现在正好是3点吧？”侦察人员看了看自己的手表，继续搜查现场，把挂钟这件事给忘了。突然，挂钟上的小门打开了，一个小小的报时鸟探出头来，以很可爱的声音报告：现在是9点。

那位侦察员又看了一眼自己的手表，是3点15分，他猛然醒悟过来说：“我知道案发的时间了！”

那么，犯罪时间，也就是这个挂钟掉到地上的时候，是几点几分呢？

抽丝剥茧

公安人员在3点时将钟挂到墙上，钟又开始走动，过了15分钟，报时鸟就出来报告是9点了。这就表明，在星期四晚上9点差15分时，这个挂钟掉在地上停止走动的。所以作案的时间是8点45分。

挂表的时间

英国作家盖伊·波斯比在回忆录里写道：1887年1月12日清晨，泰晤士河滨街陷入一片混乱之中。原来，某码头的工作人员上早班时发现保险箱被撬，失窃了一笔钱款。

同日晚间，水上警察发现了看守者的尸体，经法医鉴定，他是被谋杀后抛入泰晤士河的。在死者的衣袋里发现了一只高级挂表，但已经停了。无疑，表针所指示的时间是一个十分重要的线索。可是一个手脚十分笨拙的警察竟然忘记了要保持现场完好如初的规定，出于好奇，他把挂表的指针拨弄了几圈。他这种愚蠢的行径，当即遭到同事的严厉斥责。

词语百宝箱

笨拙 愚蠢
斥责 深刻

后来，探长问他，是否还能记得刚发现挂表时表针所指示的时间。警察听到长官向他问话，当即报告说，具体时间他没有细看，但有一点印象十分深刻，那就是时针和分针正好重叠在一起，而秒针却停在表面上一个有斑点的地方。

探长听后，看了看挂表。表面上有斑点的地方是49秒。他想了想，就确定了尸首被抛入河中的确切时间，并且与法医的验尸报告也是一致的。这一来，就大大缩小了侦查的范围，很快捉到了凶手。

你知道挂表时针究竟停在什么时间吗？

抽丝剥茧

在 12 小时内，时针与分针有 11 次重合的机会。我们知道，时针的速度是分针的 1/12，因此，在上次重合以后，每隔 1 小时 5 分钟 27 又 3/11 秒，两针就要再度重合一次。

在午夜零点以后，两针重合的时间是：1 时 5 分 27 又 3/11 秒，2 时 10 分 54 又 6/11 秒，3 时 16 分 21 又 9/11 秒，4 时 21 分 49 又 1/11 秒。最后这个时间正好符合秒针所停留的位置，因此它就是侦探所确定的时刻。

劫机犯

飞机起飞 30 分钟后，两名男子冲进后舱配餐室，拿着手枪对着空中小姐，要她接通机长的机内电话。其中一个罪犯从她手中抢过电话："是机长吗？你好好听着！这架飞机被我们劫持了，空姐是人质。下面请按我的命令行事。首先让全体乘客都系上安全带。"

词语百宝箱

信号　命令

"明白，你们的目的是什么？"机长应答着。"这个以后告诉你，快点儿指示系安全带！"罪犯随即挂断了电话。这时，客舱中马上出现了系好安全带的信号。客舱中嘈杂声四起，但乘客均按指示开始系安全带。

"你们，也都坐到空着的座位上系上安全带！"罪犯命令着机务人员，又抓起电话与机长通话，"现在我要到你那里去，把驾驶舱的门给我打开。不要做什么蠢事，因为我的同伴正把乘客作为人质。"

"知道了。你来吧，我们谈谈。"

两名罪犯端着手枪出现在客舱里。他们一边缓步穿过过道，一边确认乘客是否都系上了安全带。其中一人站在过道中央大声地演讲："诸位，该机被我们劫持了，我们不打算伤害诸位，达到目的后就释放女人和孩子……"但是他有滋有味的演讲未能进行完。数秒钟后，事态为之一变，劫机事件很快就落下了帷幕，两名劫机犯丝毫没做任何抵抗就被乘客制服了。这是为什么呢？

词语百宝箱

有滋有味
帷幕

抽丝剥茧

正在劫机犯演讲时，机长操纵机体突然下落了大约50米，紧接着又上升了30米左右，造成"空中陷阱"的现象。由于两名劫机犯站在过道上没系安全带，所以头重重地撞到了机舱顶篷，倒下休克了。乘客和乘务员们都系着安全带，所以平安无事。

9时35分15秒

德国女间谍玛塔·哈莉以"舞蹈明星"的身份出现在巴黎，任务是刺探法国军情。

在她结交的军政要人中，有一位名叫莫尔根的将军，原已退役，因战争需要又被召回到陆军部担任要职。将军最近因老伴去世，颇感寂寞，对哈莉追求得也很急切。

不久，哈莉了解到将军把机密文件全放在书房的秘密金库里。但这秘密金库的锁是拨号盘，必须拨对号码，才能开启金库的门，而这号码又是绝密的，只有将军一个人知道。

哈莉想："莫尔根年纪大了，事情又多，近来又特别健忘。

词语百宝箱

寂寞　急切

因此，秘密金库的拨号盘号码，肯定是记在笔记本或其他地方了，而这个地方绝不会很难找、很难记。”因此，每当莫尔根将军睡熟后，她就检查将军口袋里的笔记本和抽屉里的东西，但是都找不到任何号码。

词语百宝箱
蹑手蹑脚
绝望

一天夜晚，哈莉用放有安眠药的酒灌醉了莫尔根将军，然后蹑手蹑脚地走进书房，这时已是凌晨2点多钟了。

秘密金库的门就嵌在一幅油画后面的墙壁上，拨号盘号码是6位数。

哈莉从1到9逐一通过组合来转动拨号盘，但都没有成功。眼看天将透亮，女佣就要进来收拾书房了，哈莉感到有些绝望。

“看来成功的希望是不大了！”哈莉自言自语地说。

忽然，墙上的挂钟引起了哈莉的注意。

哈莉发现来到书房的时间是深夜2时，但是挂钟上的指针却停留在9时35分15秒。这很可能就是拨号盘上的号码，否则挂钟为什么不走呢？

哈莉一下子兴奋起来，但又想到9时35分15秒转换为数字应为93515，这只有5位数，与6位数的密码差1位数字，这究竟是怎么一回事呢？

哈莉进一步思索，终于找到了6位数，完成了刺探情报的任务。

你知道哈莉是怎样找到密码的吗？

抽丝剥茧

哈莉想，如果把它译解为21时35分15秒，就正好变成了6位数字“213515”。

找不到的钱

深夜，一个小偷钻进一家文具店，偷了保险柜里的3000元现金，这些现金都是100元一张的。不巧的是，他刚离开文具店十几米，就在巷子转角处遇到一个正在巡逻的警察。

“喂！等一下！”

由于他举止慌张，所以就被警察带到附近的派出所去了。这时，恰好有人打电话报案，说文具店被偷了，他理所当然就是嫌疑犯。但是，经过仔细搜查，在他身上不但没有找到失窃的3000元，就连一张100元的钞票也没有。因为没有证据，最后只好将他放了。

词语百宝箱

不巧　举止
仔细　释放

但是，就在此事发生的第二天，小偷却拿到了那3000元钱。

这个窃贼偷了文具店之后，究竟把钱放在哪儿了呢？当时为什么翻不出来？现在他又是如何拿到这笔巨款的呢？

而且，当他被释放后，警方便一直派人跟踪他，他确实没有离开房子一步。当然，他也没有再回到现场，并且也没有同伙。

抽丝剥茧

这个小偷先准备好一个写了自己名字并贴有邮票的信封，然后才去行窃。他将偷来的3000元钞票装进这个信封，然后投入文具店前的邮筒中才逃走的。这样一来，偷来的钱便经由邮差的手送到他的家中。真是一个狡猾的小偷。

失明的左眼

C的汽车与B的汽车相撞，B说他左眼因撞车事故而失明，要求C另外赔偿他1万元。C有些怀疑，便请A警官验证一下B的左眼是否真的看不见，于是A警官就请B坐上自己的汽车。

A警官拿着墨绿色的太阳镜，趁检查引擎时，把左边镜片打破了。

“这副眼镜虽然坏了一片，但你还可以戴。你的左眼看不见，更要好好保护右眼，道路上的反光这么强，很伤眼睛的。”A警官好心地对B说。

词语百宝箱

事故　验证
标志　敲诈

途中，车子的刹车出现点儿问题，道路又是连续的弯路，两个人都有些紧张。

“帮忙看看有没有交通标志呀！”A警官喊。

“有啊！这是表示停止的标志，上面是红底黑色的惊叹号！”

A警官立即将车停下来，笑着对B说：“B先生，你的左眼一点儿毛病都没有，你是想敲诈1万元，对吧？”

抽丝剥茧

A警官要B戴太阳镜是有目的的，通过墨绿色镜片看红色的东西，红色会变成黑色，因此无法分辨红底黑色的标志，而B竟能看出标志，由此可知他的左眼并未失明。

会说话的鹦鹉

有一位富翁的遗孀，年龄很大，身体又差，她生性怪僻，一个人孤独地住在一座大宅里，陪伴着她的只有一只会说话的鹦鹉，好像她的乐趣就是教鹦鹉说话。

这位老太太有个远房的侄女，是个很讨人喜欢的姑娘，老太太最近感到身体特别不好，就想把自己的财产都留给侄女。因为她没什么文化，眼睛又不大好用，就请人给侄女写了封信，嘱咐侄女赶快到这里来。但为了保密，信上没写保险柜的密码，只说：如果我等不到你来就死了，也没关系，我已经把一切都安排好了，她会告诉你密码，她是我最可靠的朋友。

词语百宝箱

遗孀　怪癖

乐趣　喜欢

没过几天，老太太突然发病，而且不幸一命归天。侄女赶到时，老太太已经死了。等到为老太太料理完后事，姑娘想起那封信，但等了几天，也没人告诉她密码，不过姑娘很聪明，她向邻居们打听了老太太生活的有关情况后，终于知道应该向谁去问密码了。

抽丝剥茧

因为老太太性格怪僻，不愿与人往来，也没有亲近的朋友，所以她不会将密码告诉任何人，但是她信中却说她已经安排好了，联想到她每天都教鹦鹉说话，能告诉姑娘密码的只可能是鹦鹉。

排水沟里的死狗

明明发现排水沟里有件奇怪的东西。走近一看，大吃一惊，不禁惊叫起来："啊，原来是只死狗！"

小华和阿林听到喊声跑了过来。他们看到水流很急的排水沟中的死狗，身上有一道很长的伤口，上面还沾满了血迹。

"谁这么残忍？这条狗大概死了有几天了。"阿林说。

小华马上反驳说："不会，这条狗被人杀死不久。"

小华怎么知道狗不是几天前被扔到排水沟的呢？

词语百宝箱

惊叫　沾满
残忍　反驳

抽丝剥茧

因为在水流很急的排水沟里的死狗，如果是几天前扔的，身体上不可能还沾着血，血迹早就被水冲没了。

失踪的轿车

维克是一个爱车如命的人。这一天，他驾着他那辆豪华型轿车，到一家咖啡店去赴约。因为咖啡店附近没有停车场，维克只好把车停在咖啡店门外。

他在咖啡店里和人正谈着生意，突然觉得还是把车放在停车场最安全，于是匆匆向对方道歉，三步并作两步跑出门去，可是他那辆豪华轿车已无影无踪了。

维克知道车被人偷了，立刻打电话报警。但是他无法理解的是咖啡店门外人来人往，非常热闹，而且这辆车的车门很牢固，又加了防盗锁，一般人是无法打开的。

那么，窃车人是用什么方法在光天化日之下把汽车偷走的呢？请你帮忙想想看。

词语百宝箱

人来人往

光天化日

抽丝剥茧

只要在汽车上挂上“违章停车”的牌子，就可用其他汽车把这辆车当众拖走，而且还不会引起行人的注意。

鞋子的线索

某国军队正在研发一款最新导弹，国外军事情报机关多次不惜重金收买人员窃取该项目机密。这天，总工程师将在科研所的论证会上汇报工作，因此，会议是在绝对保密的情况下召开的。然而意想不到的是，外国情报机关的黑手还是伸进了会场。

下午 3 点，会议正式开始。正当科研所所长移动话筒准备主持会议时，电线将一只茶杯碰翻落地，总工程师在地上捡茶杯时发现桌子底下安装了一只窃听用的微型录音机。所长立即报警，公安人员迅速赶到现场。检查后发现：录音机的磁带上开始没有声音，3 分钟后有轻轻的关门声，12 分钟后便是与会者进入会场的脚步声和说话声。因此推断安装窃听录音机的时间大约是在下午 2 时 45 分左右。

当天是星期天，科研所放假，只有三位女职员各自在三间办公室内加班，公安人员决定与科研所所长一起找她们谈话。三位女职员同时来到所长办公室。

“自报姓名，并说明理由：为什么在下午离开办公室。”公安人员首先发话。

最先回答的是胡女士：“我一直在电脑房打字，太累了，曾去阳台上活动过身体。”

“什么时间？”

“对面高楼上的露天时钟是2时45分。”

“你为什么穿旅游鞋，难道不知道所里规定应穿发的平跟鞋上班吗？”所长严肃地问。

“昨晚打保龄球把脚扭伤了，今天我向副所长说明了情况，他同意的。”胡女士回答。

“情况特殊，可以原谅。”所长说着，又问另一位，“你呢？”

第二位杨女士回答：“午餐后我口渴了，去走廊那头的饮水机里取过水，经过楼梯时，那里的挂钟也是2时45分。”

“你为什么穿高跟鞋，不是规定只准穿所里发的平跟鞋吗？”所长又严肃地问她。

“我身材矮，下班后就要去会男朋友，来不及回家换。这是我首次违反纪律，请所长原谅。”杨莉红说着，眼泪都快流下来了。

“好，就原谅你一次，下不为例。”所长说着，又要第三位叶女士回答。

“今天生理期，肚子有点不舒服，下午2时45分去过卫生间……”

还没等她说完，所长又严肃地问：“你这么高的身材，为什么也穿高跟鞋？”

“男朋友是篮球运动员，与他比，我矮多了。今天是星期天，我以为加班可以例外，现在我知道错了，也请所长原谅我这一次吧。”

不等所长说话，公安人员立即站了起来，让其中两位走了，只留下一位，对她继续进行审问。结果案件告破，她如实交代了罪行。

请问公安人员留下了三位女职员中的哪一位？为什么？

抽丝剥茧

公安人员留下了胡女士。录音磁带上开始没有声音，只有轻轻的关门声，便是证据。胡女士穿旅游鞋，自然不会留下脚步声。

偷麦贼

E是一个很老实的农民，连日来他发现自己所种的麦子不断被人偷割，于是向警方求助。

警方到现场调查，看到麦田的面积很大，而且非常空旷，一定要多派人埋伏，等候窃麦贼出现。可是如果太多人监视麦田，偷麦贼会发觉警察的踪迹，这样肯定会打草惊蛇，抓不到偷麦贼，为此，大家拿不定主意。

词语百宝箱

老实 求助
空旷 打草惊蛇

经请示，警长亲自到麦田观察了一番，便对警察们说：“这件事情很简单，只要你们……这样的话，就一定能捉到偷麦贼，但就是辛苦你们了！”

警长想到的是什么方法？警方能捉到偷麦贼吗？

抽丝剥茧

警长让他的部下扮成稻草人，站在麦田中间，当然偷麦者不会注意，谁能料到稻草人竟是真人装扮的呢？

奇特的战法

第二次世界大战时，在北非的沙漠里，英国的坦克军团与德国的军团对峙着。

英军有 800 辆坦克，德军只有 340 辆坦克和一些卡车，在数量上还不及英军的一半。这一军事情报早为德军隆美尔将军得知。

素有“沙漠之狐”之称的隆美尔，用望远镜观察英军的情况，但是他看不见英军的坦克，因为沙漠里高低起伏，并且风沙很大。

隆美尔边观察边拼命思考：“从火力上看，坦克面对面进攻一定会吃败仗，那该怎么办呢？”

这时隆美尔突然灵机一动，充满信心地说：“立刻下令开始战斗。”

但是，这命令并非指坦克开始攻击，而是命令卡车全部出动。

那么，请问：隆美尔采取的是什么战法呢？

抽丝剥茧

他命令卡车绕大圆圈行驶，这样四处的沙尘就会到处飞扬。英军由于毫不知情，一看到漫天的烟尘，误以为大量的坦克要攻打过来，不知道该应付哪个方向好。而隆美尔将军等到时机成熟后，再发出命令：“卡车后退，坦克全速前进！”

于是在德国坦克猛烈的进击下，英国只好急速后退，狡猾的“沙漠之狐”终于获胜。

意外事故

一天晚上，英国伦敦发生了一起车祸。一辆货车撞倒了一个女子，那女子当场死亡。

因为事故发生在深夜，没有找到旁证。当货车司机被带到交通事故组查问时，他身上还有一股酒气，显然是酒后驾车导致车祸，这类事故按法律要被重判。但是司机却辩解道："我根本没有喝酒，只是去酒吧找过一个朋友，他当时喝醉了，把酒洒了我一脸一身。我开车时神智保证是清醒的，我看见那女子横过马路，从很远我就鸣笛让她躲开，可是她好像没反应。等后来我刹车时，已经晚了。对这场意外事故我当然有责任，也感到很遗憾，但死者也是有责任的。"

警官最初半信半疑，直至法医交给他验尸报告，他才说："这的确只是一场意外事故。"

究竟是什么原因使警官相信这个司机并非醉酒驾车呢?

抽丝剥茧

因为那个女子是聋哑人，而且失明，所以她既听不到汽车鸣笛的声音，也看不到汽车驶来。此外，她手中没有拿标志盲人的手杖，所以才发生了这场意外事故。

审　鹅

永嘉县来了一位新上任的丁知县，他性情刚直，为官清正，办事认真。

一日，丁知县坐在大堂批阅诉状，突然门口传来一阵争吵声。他抬头一看，见一个后生和一个乡下人拼命争夺着一只大白鹅，边骂边走进公堂来。

> **词语百宝箱**
> 清正　诬告

丁知县喝问道："你们两人为何在此大吵大闹？"

那后生抢先说："老爷在上，我住在东门城门头，早上拿米糠在门口喂鹅。这个乡下人趁我转身进屋的时候，捉走我的大白鹅，被我逮住了，还不肯还我，请老爷为小民做主。"

丁知县问乡下人："后生说你偷了他的鹅，这事是真的吗？"

乡下人涨红着脸，气呼呼地说："老爷，这只鹅明明是我从楠溪带到城里来的。我刚从舴艋船上岸，这无赖就过来，硬逼我把鹅卖给他。我不卖，他就抢，还诬告我偷他的鹅，小人讲的句句是真话，求老爷明断。"

丁知县问他们有没有旁人可以做证，两人都说没有。

"没有？"丁知县想了想说，"既然没有旁人做证，那就叫鹅自己讲吧！"他叫差役拿来一张大白纸，摊在大堂上，把鹅放在纸上，盖上箩筐，吩咐两人在旁等候公断。

不一会儿，鹅在箩筐下面"扑棱"了几下翅膀。丁知县听见响声，忙叫差役揭开箩筐，看看鹅到底画了什么字。

差役不懂得丁知县说话的意思，揭开箩筐看了一看，就禀告说："鹅什么字也没画呀，只拉了一堆屎。”

丁知县皱起眉头，说道：“你们当差这么多年了，还真糊涂，快再去仔细看看。”

差役不敢怠慢，捂住鼻子，凑近鹅屎细细辨认。看了半日，还是没看出名堂来，只好硬着头皮回禀丁知县说：“老爷，纸上只有一堆青绿色的鹅屎，奴才实在看不出有什么字。”

丁知县听了点点头，就叫两人上堂听判。他指着大白鹅对乡下人说：“鹅自己招认是你的，你把它带走。”又转身问那后生：“你服不服本官的判决？”后生还硬说鹅是自己的。

知县大怒。一拍惊堂木，大声喝道：“大胆刁民，竟敢在本官面前耍花招。你年纪这么轻，就欺负乡下人。来人呀，给我拉下去重打二十大板！”

为什么丁知县说鹅自己招认是属于乡下人的呢？

词语百宝箱

怠慢　回禀

抽丝剥茧

乡下人用青草喂鹅，它拉的屎是绿色的；如果用米糠喂，它拉的屎应该是黄色的，所以这只鹅是乡下人的。

张县令智斗强盗

一天，县令张佳胤正在堂前批阅公文，忽然闯入一胖一瘦的两个锦衣卫。锦衣卫权力极大，从京城径直来到县里，定有机密大事。张县令不敢怠慢，忙起座相迎。

使者说：“有要事，暂且屏退左右，至后堂相商。”

在后堂，锦衣卫卸装后，露出了强盗的本来面目，威逼张县令交出金库中的一万两黄金。事出突然，猝不及防，但张县令临危不乱。他不卑不亢地说：“张某并非不识时务者，绝不会重财轻生，但万两黄金实难凑齐，减少一半如何？”

词语百宝箱

猝不及防　不卑不亢
操之过急　胸有成竹

“张县令还算是痛快之人，数目就依你，但必须快。”

张县令说：“这事若相商不成，不是鱼死，就是网破，但既已相商成功，你我利益一致，你们嫌慢，我更着急呢！一旦泄露，你们可一逃了之，我职责攸关，绝无逃跑的可能。然而，此事要办得周全，就不能操之过急。”

强盗问道：“依你之计呢？”

张县令胸有成竹地说：“白天人多，不如晚上行事方便，动用库金要涉及很多人员，不如以我名义先向地方绅士筹借，以后再取出库金分期归还，这才是两全之策。”

强盗觉得县令毕竟久经官场，既为自己考虑，又为他人着想，所提办法确实也比较妥善，就当场要他筹办借款之事。

张县令列出了一份名单，指定某人借金多少，共有九名绅士，共借黄金五千两，限于今晚交齐，单子开好后随即让两个强盗过目。接着他对两个强盗说：“请两位整理衣冠，我要传小厮进来按单借款。”

两个强盗心想，这个县令真好说话，想得又周到，要不是他及时提醒，岂不是要被来人看出破绽，于是就愈加信任县令。

不一会儿，县令的心腹小厮被传了进来。县令板着脸说：“两位锦衣使奉命前来提取金子，你快按单向众位绅士借取。要办得机密，不得有误。”

小厮拿了单子去借款，果然办事利落迅速，没多久，就带了九名绅士将金子送来，他们为了不走漏风声，将金锭裹入厚纸内。然而等揭开纸张，里面竟是刀剑等兵刃，他们以迅雷不及掩耳之势，直扑两名强盗。强盗还没弄清是怎么回事，已被捆绑了。

这究竟是怎么一回事呢？你知道张县令是怎么安排的吗？

抽丝剥茧

张县令开列的“绅士”名单原来是本县九名捕快的名字，强盗是外来的，当然不认识，而小厮一看就明白。捕快结伴而来，擒获了强盗。

偷吃鸡蛋的人

包拯 30 岁当了开封府尹。推荐他来京的，是当朝太师王延龄。包拯虽是他推荐的，但是他对包拯的人品、才智究竟怎样，还了解得不是那么清楚，总想找个机会好好试试包拯的才能。

这天一大早，老太师刚刚起身，洗漱完毕，要仆人端上早点——三个五香蛋。他刚吃完一个鸡蛋，忽听家人禀报：“新府尹包拯来拜。”

王延龄一面吩咐快请，一面脑子转开了：我何不借此机会当面试试他呢？于是，王延龄端起蛋碗对丫鬟说：“秋菊，你把这两只五香蛋吃了，任何人追问，不管怎样哄骗、威胁，你都不要说是你吃的，明白吗？凡事有我做主，事后再赏你。”

秋菊听了一愣，既然是老太师的吩咐又不敢拒绝，只得照吃了。

王延龄看她吃了后，就走出内室，到了中堂，见到包拯后寒暄了几句，便说：“舍下刚发生一桩不体面的事，想请包大人协助办理一下。”

包拯说：“太师不必客气，有事只管吩咐，下官一定照办。”

王延龄起身领着包拯走到内室，指着空碗说：“每天早上，我用三只五香蛋当早点。今日，刚吃了一只，因闹肚子，上厕所一趟，回来时那剩下的两只蛋竟然不见了。这件事情虽小，不过太师府里怎么能容忍有这样手脚不干净的人呢？”

包拯点点头，问道：“事情发生多长时间了？”

“不长，半顿饭的时间。”

“在这段时间内，家里有没有外人来了又走的？”

“没有。”

“老太师问了家里众人吗？”

“问了，他们都说未见到，你说奇怪不奇怪？”

包拯思索片刻说：“太师，只要信得过我，我立即判明此案。”

包拯走出内室，来到中堂，吩咐说：“现在太师府里大小众人，全部集中，一厢站立。”这些家人虽然站立一旁，并不把新府尹放在眼里。包拯一见火了，桌子一拍，喝道：“王子犯法，与庶民同罪。今日我来办案，众人不得怠慢，免得受皮肉之苦。谁偷吃了太师的两只五香蛋，快说！”

众人一惊，顿时老实了。可是包拯连问三次，这些家人仍闷声不响，秋菊也像无事发生一样。王延龄在一旁睁大眼睛，装着急于要把此事弄明白的样子，眼看众人一言不发，故意说：“包大人，既然他们不说，你就用刑吧！”

包拯把手一摆说：“不，偷蛋的，你不招认，我自有办法。来人啊，给我端一碗清水和一只空盘子来。”随从答应着去办了。

王延龄看到这里，心里乐了，包拯果然名不虚传，审理案子能够动脑子，不屈打成招。

不一会儿，随从把一碗水和一只盘子拿来了，包拯叫随从把盘子放在屋中间，然后说：“每人喝口水，在嘴里漱一漱后吐到盘子里，不准把水咽下肚。”

头一个人喝口水，漱漱吐到盘子里。第二个人也如此做。轮到第三个人，正是秋菊，她拒绝喝水漱嘴，包拯离开座位，指着她说：“鸡蛋就是你偷吃的！”

秋菊顿时脸红到脖子根，低头搓弄着衣角。王延龄忙说：“包大人，你断定是她偷吃的，道理何在呢？”

于是，包拯解析一番，一席话说得太师点头称是。

接着，包拯严肃地说：“秋菊只是被人捉弄，主犯不是她。”

词语百宝箱

一言不发　名不虚传

严肃

王延龄一惊，想不到包拯这么年轻，遇事想得这么周全，便故意问他："包大人，那主使她的人又是谁呢？"

包拯看着王延龄，认真地说："此人就是太——师——你。"

王延龄笑着连连点头，转脸对众人说："这事正是我要秋菊做的，为的是试试包大人怎样断案。包大人料事如神，真是有才有智。你们回去，各干各的吧。"

为什么包公断定蛋是秋菊偷吃的呢？

抽丝剥茧

刚吃过鸡蛋，一定有蛋黄渣塞在牙缝里，用清水漱嘴再吐出来，根据水里有无蛋黄渣来判断。秋菊不敢漱嘴，那一定是她偷吃的。

法官智审金币案

从前，西班牙有个穷苦的樵夫到山上去打柴，准备用打来的柴去换钱买面包给他的几个孩子充饥。在路上，他捡到了一只口袋，里面有100个金币。樵夫一边高兴地数着钱，一边在脑子里想象着展现在自己面前的那幅富裕、幸福的画卷。但接着他又想到那钱袋是有主人的，他对自己的想法感到羞愧。于是，他把钱袋藏了起来，到山里去劳动了。然而直到晚上柴也没卖掉，樵夫和他的全家只好挨饿了。

第二天早上，钱袋失主的名字在大街上传开了，把钱袋交还给失主的人将会得到20个金币的赏金。失主是一个佛罗伦萨的商人，好心的樵夫拿着钱袋来到他面前："这是你的钱袋。"但是，这个商人为了赖掉许诺的酬金，仔细地查看了钱袋，数了数金币，假装生气地说："我的好人，这钱袋是我的，但钱已

词语百宝箱

展现　富裕
羞愧

变少了，我的钱袋里有130个金币，但现在只有100个了，毫无疑问，那30个，是你偷去的。我要去控告，要求惩罚你这个小偷。”

“上帝是公正的，”樵夫说，“他知道我说的是实话。”

两个诉讼人就被带到当地的一个法官那儿。法官对樵夫说：“请你把事情的经过如实地向我叙述一下。”

“老爷，我在去山上的路上拾到了这个钱袋，里面的金币只有100个。”

“你难道没有想过有了这些钱，你可以生活得很幸福吗？”

“我家里有妻子和六个孩子，他们等着我把柴卖掉换钱买面包。老爷，您原谅我吧！在这种情况下，我是想过要用这些金子的，但后来我就考虑到钱是有主人的，他比我更有权用这些钱。于是，我把这钱藏了起来，我没有回家，而是径直去山上劳动了。”

“你把拾到钱的事告诉你妻子了吗？”

“我怕她贪心，所以没告诉她。”

“口袋里的东西，你肯定一点都没拿吗？”

“老爷，我妻子和我那可怜的孩子连晚饭都没吃呢，因为柴没能卖掉。”

“你有什么说的？”法官问商人。

“老爷，这人说的全是捏造的。我的钱袋里原先有130个金币，只有他才会拿走那缺少的30个金币。”

至此，法官已经明白了事情的真相，他巧妙地作出裁决：“商人，你享有这么高的地位和信誉，根本就不容我们怀疑你会行骗。很明显，这个樵夫拾到的这只装了100个金币的钱袋不是你的那只有130个金币的钱袋。”

“拿着这个钱袋，好心的人。”法官对樵夫说，“你把它带回家去，等它的主人来取吧！”

法官的根据是什么呢？

抽丝剥茧

樵夫既然能拿走一小部分钱，也完全能够留下所有的钱。他没有这样做，显然是一个诚实的人，法官巧妙地惩罚了贪婪的商人。

族谱案

一天，广东省嘉应县太平乡李家村来了一个自称李柏生的族人，说是从江西回乡扫墓。当地的户主李松育认为没有这个亲戚，不准他扫墓。于是双方发生了争执，状告到了县衙。

县官宋永岳见双方各执一词，无法分辨孰是孰非，就让他们各自拿出族谱来。双方的族谱都记载其祖母姓邱。但李松育的族谱记载邱氏只生了一子名松，而李柏生的族谱却记载邱氏生育二子，长子名松、次子名柏。双方族谱都是明朝万历二年所编印的，从墨迹来看都很古旧，不像伪造的样子，县官据此不能判断出孰是孰非。

于是，县官传讯了李家村的族人。族人中有的偏袒李松育，说邱氏只有一子，就是李松育的父亲，李柏生是假冒的；有的则帮李柏生说话，说李松确有一个弟弟名柏，早些年迁居到江西，李柏之子李柏生回乡扫墓合乎情理。他们也都呈上族谱为证，族谱上也都写明是明朝万历二年所立。

面对众多的族谱，县官认真批阅，细细分析，终于发现了一个问题：即族谱共有两种，谱上邱氏之“邱”字有的有耳旁，有的则无耳旁，即“丘”字。经过分类，凡帮助李松育的族人的族谱，都没有耳旁即“丘”；凡偏袒李柏生的族人的族谱，都有耳旁即“邱”，这样县官在审理此案时心中就有了数。

词语百宝箱

孰是孰非

古旧　迁居

在堂上，县官先问李松育："你父亲原有一个名叫柏的弟弟，你为何不认他的儿子？"

李松育说："我父亲是独子，那江西来的柏生是假冒的，分明是看上了我的财产。"

县官又问："那你又怎么能证明柏生不是李家的子孙呢？"

李松育虽然不服，但却无话可说。这时李柏生显得非常得意，诉说道："大人明鉴，李松育不让我扫墓祭祖，不认我为李家子孙，分明是想独霸李家财产！"

这时，县官调转话头，突然问李柏生："你的族谱中为何在'丘'字上加有耳旁？"

李柏生胸有成竹地说："因为要避当今圣上的讳。"

县官点点头说："不错，本朝圣上下旨，凡'丘'字都应加耳旁，以避皇上的讳。看来有耳旁的'邱'字族谱是真的，凡没有耳旁的'丘'字族谱是伪造的。"

李柏生更加趾高气扬，指着李松育说："他自己伪造族谱，还串通族人共同伪造族谱，真是'是可忍，孰不可忍'！"

李松育一听，气得脸色发白，但心中仍是不服。

谁知县官这时却指着李柏生说："伪造族谱，并串通族人伪造族谱的是你，而不是他！"

这一声厉喝对李柏生来说不啻晴天霹雳，他忙磕头不止："大老爷明鉴。"

在县官的分析下，李柏生只好承认伪造族谱的事实。

那么县官为什么会认为李柏生的族谱是伪造的呢？

抽丝剥茧

族谱是明朝万历二年所立，避讳是后来的事，李柏生的祖先无论如何也不能事先预知要避讳。

蜂蜜里的老鼠屎

孙亮是三国时吴国国君孙权的小儿子。孙权死后，才10岁的他就做了国君。一天，园丁向国君献上一筐青梅，孙亮刚想吃，想到宫中仓库里有蜂蜜，就叫太监去取。

那太监知道宫廷里收藏的蜂蜜味道特别好，也曾经向掌管内库的官吏讨过，却遭到官吏的拒绝，太监便一直怀恨在心，想报复一下。他把蜂蜜领出内库后，就在蜂蜜里放了十几颗老鼠屎。

太监献上蜂蜜后，孙亮把青梅在蜜中浸了一下，刚要吃，猛然发现蜂蜜中有老鼠屎，气愤地下令把管理仓库的官吏押上来。

库吏被召到堂上。孙亮问他："刚才太监是从你手上取的蜜吗？你专职管理仓库，竟让老鼠屎泡在蜂蜜里，知道这是什么罪吗？"

库吏知道这是渎职罪，轻则丢官，重则坐牢，但他一直小心谨慎，存放蜂蜜时首先检查有没有杂质，检查后才装进干净的坛子里密封起来，绝对不可能有老鼠屎的，于是连连叩头，回答说："蜜是臣下交给他的，但是给他时并没有老鼠屎。"

"胡说！"太监指着库吏鼻子，"老鼠屎早就在蜜里了，你这是欺君之罪！"

太监一口咬定是库吏干的，库吏死不承认，说是太监放的。两人在堂上争执不下。

侍中官刁玄和张邰请求国君把他俩一起押进监狱，一同治罪。

孙亮摆摆手，环视众人，说："不用，要知道是谁做的，

词语百宝箱

杂质　干净

密封

很容易办到。”接下来，孙亮命令卫兵把老鼠屎捞出来，并当众剖开老鼠屎。他仔细检查了剖成两半的老鼠屎。然后，双眼一瞪，大喝道：“太监你还不承认？”

太监吓得浑身哆嗦，连忙“扑通”一声跪下，磕头求饶，左右的人也感到十分吃惊。

审讯后，很快就证明了这事是太监在陷害管理仓库的官吏。

你知道孙亮是怎样证明的吗？

抽丝剥茧

剖开的老鼠屎都只是外面沾着蜜汁，里面却是干燥的，说明老鼠屎刚放进蜜中。如果老鼠屎早已在蜜中，应该里外都是潮湿的。

法官断马

有一天，在两个相邻的农场里发生了一件纠纷案，A 农场和 B 农场的主人为一匹马是谁的而争执起来。

“这匹马是我的，我的马大部分是枣红马。”

“枣红马谁都有，这匹马只是偶然跑到你们那里去的。”

他们都说这匹马是自己的。

这件事闹到法官那里，法官让工作人员把那匹马牵来，检验后又命令把那匹马放进一个马群里，这个马群中有十几匹枣红马，然后让 A 农场和 B 农场的主人分别去认马。

结果，法官很快就断定出这匹马是属于谁的。

聪明的读者，法官是怎样判断的呢？

词语百宝箱

相邻　纠纷
争执

抽丝剥茧

法官让工作人员在那匹马身上做了记号，放进马群里，再让A、B农场的主人去辨认，如果真是这匹马的主人，很容易就会从众多的马匹中认出自己的马来。

黄金案

日本的黄金党，屡次作案，使负责这一案件的麦诚探长大伤脑筋。

有一次，麦诚探长获取可靠情报：黄金党正偷运大批黄金入境。麦诚探长和助手田中立即前去拦截。据情报已知，运载黄金的汽车是一辆白色全封闭的货车。

麦诚探长和田中果然见到了白色货车，但不是一辆，而是两辆。它们不但颜色一样，并且样式、大小都相同。田中问麦诚探长应该拦截哪一辆车才对？麦诚探长果断地说："应该拦截后面那一辆。"

果然不出麦诚探长所料，后面那辆车内装了大批黄金。田中不知麦诚探长是怎样猜出来的，麦诚探长说："不是随便猜的，我有根据。"

你知道麦诚探长的根据是什么吗？

词语百宝箱

脑筋 情报
运载 果断

抽丝剥茧

麦诚探长根据后面那辆汽车的轮胎压得很扁，判断出其中一定装有相当重的货。然而我们知道，黄金是非常重的。

瓶子里的苹果

A将军退休之后，因为闲着无事，经常制作一些“瓶船”送给他的部下，以此表示他非常珍惜在海军服役的时光。“瓶船”是将很多帆船的部件从细细的瓶颈口塞进去，然后在瓶子里组装好，这是个需要耐心和时间的活儿。

A将军的勤务兵雷诺经常站在旁边看他做“瓶船”。有一天，雷诺突然说：“将军，等到了秋天，我要送您一件礼物。”将军开玩笑地说：“是吗？那为什么不现在送给我呢？”

“不，做成这件礼物需要很长时间。”

“也像‘瓶船’这么费事吗？”将军好奇起来。

“不，一点儿也不费事。”雷诺狡黠地笑了。

10月的一天，雷诺把礼物送给了将军。“这就是我要送给您的‘瓶果’。”将军吃惊得嘴都合不拢：细口玻璃瓶里怎么会装着一个又大又红的鲜美的苹果呢？并且好像还是刚摘下来的样子。

这个苹果绝不是假的，问题是雷诺怎么把它装进瓶子里去的呢？

词语百宝箱

珍惜　时光
狡黠　鲜美

抽丝剥茧

小苹果刚结出来时就用瓶子把它套上，以后苹果就在瓶子里慢慢长大，成熟后摘下来，就成了“瓶果”。

做这件礼物不算费事，但却需要几个月的时间才能长成。

爆炸声

加里森敢死队接受了一项任务：窃取德军研制某种新式武器的设计图纸。图纸藏在一座古堡的密室中，古堡的周围是 20 米宽的护城河，根据情报得知密室与河堤只隔着一道墙。如果夜间潜水游近那道墙，选择好位置，用水下炸弹将墙炸开，就可以进入密室，拿到图纸了。于是，加里森等一行 6 人乘轰炸机，在一个漆黑的夜晚飞向这座古堡。刚起飞不久，有一位队员大声说：“我来之前把遗嘱都写好了，这次行动很难安全脱身。”其他人恍然醒悟，是呀，水下炸弹在夜深人静时一爆炸，德军肯定会用重火力封锁爆炸的地方，取到图纸，安全撤离可不容易。队长加里森却笑笑说：“放心吧，伙伴们，我早已想好了，德军根本不会理睬爆炸声的。”

这是为什么呢？难道德军听不见轰隆作响的爆炸声吗？

词语百宝箱

恍然　封锁
撤离
轰隆作响

抽丝剥茧

加里森早已考虑到这一点，所以他才率队乘轰炸机去完成任务。他要在队员潜水的同时，安排轰炸机对古堡进行空袭。在一片轰炸声中，德军肯定不会注意到水中炸弹的爆炸声。

被子弹打中的右腿

A是驻守在边境某小镇上的一名边防战士，在一个深夜里，他独自在镇子外面站岗，突然发现一个瘸腿的人影鬼鬼祟祟地向军火库靠近。战士A大声命令那个人站住，那人拔腿就逃。在灯光下战士A认出了那正是敌国经常派来搞破坏的瘸腿兰姆。

战士A向影子追去，但因这里离国界线太近，于是他又喊："再跑我就开枪了！"

子弹准确地打中了兰姆的右小腿，只见那影子弯了一下膝后又继续跑。战士A急忙又开了枪，再次击中了兰姆的右小腿。

但那影子仍然跛着脚在跑。

几分钟后，边防战士们听到枪声都赶来了。但让大家纳闷的是地上竟然连点儿血迹都没有，于是有人怀疑A是不是看花了眼，子弹根本就没打中兰姆，A却一口咬定他看得清清楚楚。

右腿中了两发子弹，都没有流血，还能继续逃跑，这就怪了。

你知道这是什么原因吗？

词语百宝箱

鬼鬼祟祟
急忙　血迹
清清楚楚

抽丝剥茧

因为兰姆被射中的右腿是假腿，假腿不论中多少枪都不会流血，也不会影响逃跑。